수라전설 독룡

ORIENTAL FANTASY STORY & ADVENTURE

시니어 신무협 장편소설

★
dream
books
드림북스

수라전설 독룡 9 수라의 연인

초판 1쇄 인쇄 2019년 7월 5일
초판 1쇄 발행 2019년 7월 19일

지은이 시니어
발행인 오영배
편집 편집부
일러스트 eunae
본문 디자인 오정인
제작 조하늬

펴낸 곳 (주)삼양출판사 · 드림북스
주소 서울시 강북구 도봉로 173
대표 전화 02-980-2112 **팩스** 02-983-0660
편집부 전화 02-987-9393 **팩스** 02-980-2115
블로그 blog.naver.com/dreambookss
출판등록 1999년 3월 11일 제9-00046호

ⓒ 시니어, 2019

ISBN 979-11-283-9571-0 (04810) / 979-11-283-9448-5 (세트)

드림북스는 (주)삼양출판사의 판타지 · 무협 문학 브랜드입니다.

수라전설 독룡
9
수라의 연인
시니어 신무협 장편소설
ORIENTAL FANTASY STORY & ADVENTURE
dream books
드림북스

목 차

第一章

인륜지대사

마음이 복잡할 때에는 몸을 움직이는 것이 최고였다.

어두운 갱도에서 팔 년을 갇혀 있을 때에도 마찬가지였다.

수만 근의 돌 아래에 파묻혀 있는데 하루에 전진할 수 있는 건 겨우 반 뼘에서 한 뼘. 근력도 내공도 부족한 열 살의 무력감.

하루 열 두시진, 어둠 속에서 찾아온 외로움과 공포감.

앞날에 대한 두려움.

진자강이라고 그러한 감정에서 자유로웠던 건 아니었다. 악에 받쳐 복수심이 강해질수록 공포는 더 심해졌다.

그러나 계속 반복적으로 정을 쪼고 움직이다 보면 잠시나마 공포를 잊을 수 있었다. 그래서 더더욱 정을 쪼는 일에 매달렸다.

지금도 다를 바가 없었다.

자신은 무공도 제대로 배우지 못한 몸.

좌반신의 기혈이 거진 막힌 상태.

거기다 조력을 받기 어려운 혈혈단신.

하지만 상대는 강호 무림 전체를 넘보는 대무림세가.

아직 강호 무림의 일부밖에 경험하지 못한 자신이 과연 천하를 도모하는 그들을 상대할 수 있을까.

아니, 당청을 만날 수나 있을까.

만나서 당청의 입에서 약문 혈사의 전모를 들을 수 있을까.

어떻게 해야 그들에게 죗값을 치르게 만들 수 있을까!

수천 번, 수만 가지의 생각을 해도 답이 떠오르지 않았다.

머리가 너무 아팠다. 복잡하고 답답했다. 답이 없는 질문과 상황 때문에 또다시 무력감과 패배감에 젖어 들게 된다.

그래서 움직였다. 움직인다. 움직이고 움직여서 상념을 떨쳐 보려 애를 쓴다.

광혈천공의 내공이 일으키는 고통에 잡념이 사라지고, 비명을 지르는 근육에 공포가 사라지고, 흘러나오는 피가 답답함을 잊게 한다.

광혈천공으로 일으킨 내공이 구르고 굴러 더 이상 참을 수가 없게 되자, 진자강은 기합을 지르며 낫으로 앞에 있는 바위를 베었다.

"으아아아아!"

카가가각!

불꽃이 튀며 낫의 날이 바위를 긁었다. 거의 한 치나 패이며 거칠게 긁힌 자국이 남았다.

뚝!

동시에 낫의 날 앞부분이 박힌 채로 중간이 부러져 나갔다. 이 낫은 마을 대장간에서 운정이 구해 온 것인데 벌써 세 자루째다. 손잡이가 비틀리고 낫을 고정하는 쇠가 어긋나서 흔들거렸다.

옥허구광 오뢰합마공에 의해 진자강의 내공이 점점 강렬해지며 낫이 버티지 못한다.

진자강은 남은 내공을 사지백해의 세맥에 퍼뜨리며 내공을 진정시켰다.

우반신을 돌던 내공들이 세맥의 곳곳에 숨어들며 이루 말할 수 없는 상쾌함이 찾아왔다. 다른 이들에겐 하단전이 기가 모이는 장소라면, 진자강에게는 우반신의 세맥 전체가 단전이 되는 셈이었다.

"헉. 헉."

진자강은 무릎을 짚고 숨을 몰아쉬었다. 얼굴이며 몸에서 피가 심하게 흘러 바닥에 뚝뚝 떨어졌다.

뚝 뚝, 뚝.

바스락거리는 인기척에 고개를 돌려 보니 소소가 깨끗한 흰 천과 밥을 늘 놓던 자리에 놓고 있었다. 진자강과 눈을 마주친 소소가 눈인사를 했다.

"고마워, 소소. 그렇게까지 안 해도 되는데."

소소는 괜찮다는 듯 웃었다. 이젠 피범벅이 된 진자강을 봐도 놀라지 않는다. 그러곤 아까 가져다 놓았던 식은 밥을 가지고 돌아갔다.

진자강은 숨을 가라앉히고 피에 절은 옷을 벗었다. 나신으로 개울에 들어가 옷을 빨고 몸을 씻었다. 개울물에 흥건하게 피가 씻겨 나갔다.

그러다 문득.

진자강이 씻기를 멈추고 옆을 돌아봤다.

"무슨 짓입니까?"

소소가 돌아가고 난 후에 찾아온 당하란이 멍하게 진자강을 보고 있었다.

당하란은 정말로 얼이 나간 듯한 표정이었다.

"어떻게…… 그런 몸이……."

피가 씻겨 나간 진자강의 살갗은 하얗고 매끄러웠다. 다소 창백하게 보일 정도로 투명했다. 여자보다도 훨씬 더 아름다웠다.

몸은 말랐지만 오랜 기간 망치질을 하고 정을 잡은 탓에 어깨 근육이 발달했고 팔뚝은 세밀하고 단단하게 근육이 잡혀 있었다. 흔히 보기 힘든 등의 오밀조밀한 근육들과 쭉 뻗은 허리.

진자강이 말했다.

"이제 나가야 하니까 고개를 돌려 주면 고맙겠습니다."

"아!"

그제야 당하란은 자신의 실수를 깨닫고 고개를 돌렸다.

볼이 상기되다 못해 귓불까지 빨갛게 물들었다. 하지만 자꾸만 진자강의 몸이 눈에서 아른거렸다. 얼굴을 손으로 감쌌는데 너무 뜨거워서 주화입마라도 걸린 게 아닌지 의심스러울 정도였다.

당하란은 손가락을 꼼지락댔다. 자꾸만 눈길이 옆으로 돌아가려 했다. 할 수 있다면 안법을 써서라도 옆을 훔쳐보고 싶은 마음이 들었다.

그사이 진자강이 옷을 짜서 몸에 걸치고 밖으로 나왔다.

당하란이 입을 삐죽 내밀고 삐친 투로 말했다.

"그런 걸로 꼭 사람에게 면박을 줘야겠어요? 어쩌면 내일이라도 죽을지 모르는 사람에게?"

진자강이 무덤덤하게 되물었다.

"면박을 안 받는 게 소원입니까?"

당하란이 그게 무슨 소리냐는 듯 바로 대꾸했다.

"아뇨! 그럴 리가 없잖아요!"

진자강은 당하란을 빤히 보았다. 당하란의 얼굴이 다시 빨개졌다. 당하란은 차마 진자강을 마주 보지 못하고 고개를 돌렸다. 진자강의 몸이 생각나 얼굴이 화끈거렸다.

"그, 그렇게 사람을 빤히 보지 않아 줬으면 좋겠어요. 그건 너무 무례한 행동이고…….."

무례한 게 아니라 자신이 함께 마주 볼 수가 없어서다. 하지만 진자강의 대꾸는…….

"소원입니까?"

……였다.

어이가 없어진 당하란이 소리를 질렀다.

"그게 어떻게 소원이 돼! 그냥 부탁이지!"

너무 황당해서 반말이 나왔다.

"알겠습니다."

진자강이 자리에 앉아 젓가락을 들고 밥을 먹기 시작했다. 당하란은 허탈한 심정이 되어 옆에 앉았다.

소박한 찬이지만 따뜻하게 김이 오르는 밥을 먹으며 진자강이 말했다.

"불편하면 하던 대로 말해도 됩니다. 굳이 내게 존대를 할 필요는 없습니다."

"그 말은…… 결국 나를 책임질 수 없다는 뜻…… 인 거 죠?"

"나는 소저를 책임질 수 없습니다."

"어째서?"

당하란의 말이 짧아졌다.

"나보다 먼저 죽은 사람들의 빚도 다 갚지 못했습니다. 산 사람까지 책임질 여유가 되지 못합니다."

"내가 죽으면?"

진자강은 고개를 들어 당하란을 마주 보았다.

뭔가 생각을 하던 진자강이 툭 던지듯 말했다.

"향 정도는 피워드리겠습니다."

"하아."

맥이 풀린 당하란은 고개를 설레설레 저었다.

"기대한 내가 바보지."

진자강은 말없이 밥을 먹었다.

당하란이 말했다.

"저기요. 어차피 날 데려갈 생각이 없는 것 같으니 그냥 말 편하게 할게요."

"데려갈 생각은…… 모르겠지만, 아무튼 편한 대로 하십시오.”

“그런 식으로 자꾸 여지를 남기지 말라고!”

마음에 안 드는 투로 진자강을 째려본 당하란이 다시 말을 이었다.

“잠깐 수련하는 걸 지켜봤는데, 왜 자신을 그렇게 학대하지?”

“수련하는 걸 봤다고 했잖습니까? 수련하는 겁니다.”

“하지만 당신은 이제 독룡이야. 그런 방식으로 수련하는 건 이제 한계가 올 때가 됐어.”

진자강은 밥을 씹으며 당하란의 말을 들었다.

“신체의 능력이 극에 다르면 몸을 움직이는 것보다는 심상(心象)으로 수련하는 방법이 더 도움이 돼. 특히 내공은 사종왕생(四種往生)의 행공법에 따라야 해. 의념이 강해질수록 더 빠르고 강한 내공을 일으킬 수 있다고.”

내공에 관한 얘기는 진자강이 솔깃할 만한 부분이다.

“사종왕생이 뭡니까?”

그제야 진자강이 관심을 보이는 걸 깨달은 당하란이 ‘피잇’ 하고 입을 삐죽대며 말했다.

“사종왕생은 본래 불문에서 나온 말로 정념왕생(正念往生), 광란왕생(狂亂往生), 무기왕생(無記往生), 의념왕생(意念往生)을 의미해. 의념왕생은 죽는 순간에 말로써 염불을 외지 못하니 마음으로 염송한다는 말이야. 모든 것을 초월한 의념이 죽어 가는 자를 극락으로 인도할 만큼 강력한 힘을 가진다는 뜻이지."

"의념으로⋯⋯."

"일정 경지에 오른 고수는 몸을 움직이는 것보다 가만히 앉아서 심상으로 수련하는 것이 몇 배의 효과가 있어. 사람의 의념은 시간을 초월하기 때문에 찰나의 순간에도 억겁에 달하는 수련도 가능하지."

"아직 제게는 지난한 일이군요."

"그렇다고 포기할 거야? 심생종기(心生從氣)! 마음이 일어나면 몸이 뒤를 따른다. 의념이 먼저 앞서고 기가 뒤를 따른다. 그것이 당신이 앞으로 추구해야 할 방향이야. 하수들이나 할 법한 수련으로는 언제까지고 그들을 따라잡을 수 없어."

당하란이 벌떡 일어나더니 진자강이 긋다 만 바위로 갔다. 부러진 낫의 앞날이 박혀 있는 바위다.

당하란은 내공을 일으켜서 손가락으로 낫의 부러진 날을 잡았다. 박혀서 단단하게 틈새에 끼어 있는 데도 별다른 힘 없이 날을 뽑는다.

그러더니 날 끝을 바위에 대고 힘껏 그었다.

부욱!

마치 북을 찢는 듯한 소리가 나더니 진자강이 낸 흔적과는 비교할 데 없이 깔끔하게 그어진 자국이 남았다. 깊이도 거의 반 뼘이나 패었다.

이어 당하란이 부러진 날을 손가락 사이에 끼우고 손을 뻗어서 날을 던졌다. 낮의 부러진 날은 날아가다가 돌연 중간에 사라지더니 열 장도 넘는 거리에 있는 나무의 나뭇가지 끝을 절단하며 나타났다.

"섬절(閃絕). 본 가의 암기술."

그 모습을 본 진자강의 표정이 어두워졌다.

확실히 자신이 사용하는 비선십이지와는 차이가 있어 보였다.

당하란조차 저럴진대, 남은 당가의 고수들은 얼마나 강할지 상상도 되지 않았다. 심지어 진자강은 당하란 외에 당가의 고수를 아직 제대로 겪어 본 적도 없지 않은가.

'역시 그 방법밖에 없는 건가.'

진자강이 잠시 생각하다가 말했다.

"당가의 저택은 마을이 뭉쳐서 하나의 거대한 대저택처럼 되어 있다고 들었습니다."

"그래서 본 가의 내원을 당가대원이라고 하지. 그곳은 허락받지 못한 이들은 평생 발도 들일 수 없어. 외원에 있는 자들 중에 내원 구경을 못 해 본 자들도 구 할이 넘지.

물론 몰래 들어온다 해도 안내가 없으면 금세 미로 속에 갇히게 될 테지만."

"허락받지 못한 자……."

진자강이 말을 곱씹자, 당하란은 불현듯 묘한 느낌을 받았다.

"당신. 설마……."

진자강이 당하란을 또다시 똑바로 쳐다보았다.

아무 말도 하지 않았지만 무슨 얘기를 하려는지 알 것 같았다.

"소저의 제안을 받아들이겠습니다."

당하란도 아무 말을 못 했다.

원하던 일이지만 이런 식으로는 아니다!

이건 너무 비겁한 일이라고!

하지만 그 말은 나오지 않고 입 안에서만 감돌았다.

당하란은 솟구치는 감정을 꾹 참고 물었다.

"나더러…… 우리 가문을 배신하란 말이야? 그게 말이 되는 얘기 같아?"

"처음부터 약문의 후손을 사위로 맞아들인다는 것도 말이 안 되는 일이었습니다."

그건 그렇다. 당하란도 그 점이 너무나 이상하다. 독문은 약문을 공격해 멸문시켰다. 견원지간(犬猿之間) 이상의 원수지간이다. 진자강이 바보도 아니고 독문을 원수로 생각하는데 사윗감이 되겠다고 자청하겠는가?

아니, 애초에 왜 당하란에게 진자강을 사윗감으로 영입하란 명령이 나온 것인가?

당하란은 자존심이 상했다.

가문을 위해 그리 노력하며 살아왔는데 결국 버려지듯 쓰이고 말다니. 이런 식으로 소모되고 말다니.

당하란이 약간 붉어진 눈으로 진자강을 쳐다보았다.

"초야(初夜)를 치러야 할 수도 있어. 당신, 나를 안을 수 있겠어? 아니면 복수를 위해서라면 어떤 여자라도 상관없는 거야?"

진자강은 당하란을 묵묵히 바라보았다.

"그런 식으로는 생각해 보지 않았습니다. 하나 필요하다면……."

당하란이 아랫입술을 꾹 깨물었다.

"그거 알아? 당신이 지금 한 말, 얼마나 잔인한 말인지?"

당하란은 진자강의 뺨을 힘껏 후려쳤다.

하지만 진자강이 손을 들어 중간에서 당하란의 손목에 자신의 손등을 대고 차단했다.

"뭐?"

당하란은 화가 났다.

눈치 없이 뺨조차 맞아 주지 않고 막다니!

"이럴 땐 맞아 줘야 하는 거라고!"

"미안합니다. 살의가 느껴져서 그만."

"이잇!"

약이 오른 당하란이 반대쪽 손으로 다시 진자강의 따귀를 때렸다. 진자강은 당하란의 손을 잡아채려 했다. 당하란이 팔꿈치를 틀어서 진자강의 손을 튕겨 내고 궤적을 바꿨다. 당하란은 바로 뺨을 올려 쳤다. 진자강은 피하지 않고 팔꿈치로 당하란의 손목을 눌러 방어했다.

당하란은 집요하게 진자강의 뺨만 노리고 진자강은 얼굴을 움직이지 않으며 금나수법으로만 막았다. 둘 다 내공을 쓰지 않고 있어서 심각한 사태는 벌어지지 않았으나, 양상은 점차 과열되어 가고 있었다.

탁! 타탁!

손의 뼈끼리 부딪치면서 닿은 부분이 푸릇하게 멍이 들었다. 자연스럽게 진자강과 당하란은 점차 뼈가 아니라 손바닥과 손가락으로만 공방을 주고받게 되었다.

찰싹, 찰싹.

손이 닿을 때마다 따가운 소리가 났다. 진자강과 당하란은 마치 서로의 손을 때리듯이 하고 있었다. 손과 손등, 팔뚝이 온통 붉게 물들었다.

때리는 쪽이나 맞는 쪽이나 아프긴 마찬가지다. 진자강은 이제 때리기보다는 미는 쪽으로 방향을 선회했다. 손바닥으로 팔목을 밀고, 반대 손으로 팔꿈치를 막고, 팔뚝으로 손을 누른다.

당하란도 즉각 그에 대응했다. 진자강의 손목을 잡고 빙글 돌려서 진자강의 다른 팔까지 한꺼번에 엮어서 무력화시켰다. 진자강이 당하란의 의도를 눈치채고 어깨를 흔들어 팔을 빼내려 했다. 하지만 당하란은 진자강의 팔을 단단히 잡고 놔주지 않았다.

진자강의 양팔이 얽혀서 당하란의 한 손에 붙들렸다. 당하란이 남은 손으로 진자강의 뺨을 치려고 했다.

진자강이 양팔을 힘껏 당겼다.

당하란은 살짝 자세를 낮춰 마보를 취하면서 중심을 잡았다. 진자강에게 쉽게 끌려오지 않았다.

무공의 기본은 중심, 중심의 근간인 하체에 있다. 무가의 자제들은 어렸을 때부터 하체 단련을 한다.

진자강이 발바닥을 바닥에 붙인 채 당하란의 발에 대고 밀었다. 당하란이 발을 살짝 들어 옆으로 틀어 피했다. 진자강이 연속으로 당하란의 발을 따라다녔다.

탓, 타탓.

당하란이 발을 피하다가 진자강의 발등을 밟았다. 진자

강이 다리를 굽히면서 당하란의 다리 뒤로 무릎을 넣어 오금을 눌렀다. 당하란의 얼굴이 빨개졌다.

둘의 다리가 맞닿았다. 진자강이 당하란의 중심을 무너뜨리려고 더 힘을 주어 무릎을 밀자 허벅지까지 밀착됐다. 당하란은 당황했다.

"윽!"

진자강이 내내 당기고 있던 팔을 확 밀었다. 다리가 걸려 있어 당하란의 상체가 뒤로 넘어갔다. 당하란은 허리가 거의 활처럼 휘어졌지만 허리 힘으로 완전히 넘어지지 않고 버텼다.

진자강이 팔을 당기면서 자신의 몸으로 당하란의 상체를 덮어 눌렀다. 진자강의 뜨거운 숨이 바로 닿아서 느껴질 정도로 가까워졌다. 당하란은 몸에서 힘이 빠졌다.

쿵!

억지로 버티던 당하란이 뒤로 넘어졌다. 진자강은 당하란의 양 손목을 잡고 위에서 누르는 자세가 되었다.

당하란의 심장이 마구 뛰었다.

당하란은 지극히 당황해하면서 고개를 돌렸다.

"나는 당신보다 강해. 그런데…… 왜 내가 매번 당신에게…… 지는 거지?"

억울해하는 한편, 부끄럽고 수치스러워 목소리가 떨렸다.

"이, 이제 그만 비켜! 어째서 매번 이런 식이 되어 버리는 거야?"

"일부러 그랬습니다."

"뭐?"

진자강은 당하란을 내려다보며 말했다.

"소저가 가까운 박투(博鬪)에 약한 것 같아서."

당하란은 어이가 없어서 발로 진자강을 힘껏 밀어 버렸다. 진자강은 그나마도 무릎으로 막고선 반동으로 가볍게 물러섰다.

당하란은 바닥을 쳐서 벌떡 일어선 후 소리쳤다.

"내가 박투에 약한 게 아냐!"

당하란의 얼굴이 붉으락푸르락해졌다. 화도 나는데 여전히 기가 막혔다.

정말로 이유를 모른단 말인가?

그러나 진자강은 굳이 그에 대한 변명이나 대답을 늘어놓지 않았다.

"강요하지 않겠습니다. 하지만 소저가 아니라도 저는 당가대원을 들어갈 방법을 찾아낼 겁니다."

진자강의 눈빛이 서서히 야수의 그것으로 변해 가기 시작했다.

오로지 사냥감을 쫓기 위한 광기에 어린 눈.

이 남자에게는 천하의 당가조차 넘어야 할 장애물일 뿐이었다.

진자강이 천하를 넘보는 그런 눈을 하고 있을 때에는 당하란도 진지해질 수밖에 없었다.

"가면 죽을 거야."

"적을 모른 채 죽고 싶지는 않습니다."

"내가 당신을 도와야 할 이유 한 가지만 말해 봐."

당하란이 이번만큼은 진자강을 외면하지 않고 시선을 마주했다.

한마디만! 한마디만 해 준다면 당신을 따라 지옥불이라도 들어가겠어.

진자강이 당하란이 마음속으로 내지르는 목소리를 들었음일까.

진자강이 천천히 말했다.

"나는 남녀 간의 일을 잘 모릅니다. 하나 만일 하늘의 보살핌이 있어 운 좋게 나의 복수가 끝난다면……."

진자강이 잠시 쉬었다가 당하란과 눈을 마주치며 말했다.

"그땐 소저를 받아들이겠습니다."

울컥.

당하란은 감정이 격해져 하마터면 눈물이 터질 뻔했다. 하지만 얼굴을 돌리고 감정을 감췄다.

"됐어! 당신은 본 가에서 반드시 죽을 거야. 이미 시체나 다름없는 사람에게 그딴 약속은 받을 필요도 없어. 하지만……."

당하란은 곁눈질로 진자강을 쳐다보았다. 입술을 꽉 다물었다가 말했다.

"어차피 죽을 거라면 나도 알아야겠어. 망료 그자와 할아버지가 무슨 생각을 하고 있는지."

*　　　*　　　*

진자강은 당하란의 말대로 심상 수련을 시작했다.

무엇부터 해야 할지 몰라서 과거에 싸운 자들부터 한 명씩 떠올렸다.

처음 떠올린 건 혈라수 묘옹이었다. 혼천지를 나와 처음마주친 고수. 지금 생각해도 어떻게 이겼는지 알 수 없을 정도로 아찔했다.

진자강은 혈라수 묘옹의 상을 떠올리고 그 앞에 자신의 모습을 투영했다.

처음이라 잘되지 않았지만 당하란이 말한 대로 호흡을 가라앉히고 상을 떠올리니 점점 상들이 뚜렷해지기 시작했다.

의념왕생으로 심상을 강화시키고 심생종기로 실제처럼 감각을 활성화시켰다.

팔 년을 갱도에서 수없는 상상을 하며 살아왔던 진자강이다.

얼마 지나지 않아 진자강은 완전히 몰입했다.

혈라수의 살기 어린 눈동자가 크게 달려들더니, 진자강은 과거로 완전히 돌아가 있었다. 그러나 그때엔 그렇게도 크고 무섭게 보이던 혈라수가 지금은 무섭게 느껴지지 않았다.

진자강에겐 더 이상 곤륜황석유의 독이 없었지만 청철혈선사의 독이 있었고, 자그마한 열 살 아이도 아니었다. 이미 키도 혈라수와 비슷해져 있는 것이다.

혈라수가 시뻘건 손을 뻗었다. 진자강은 무심코 금나수로 맞섰다. 그러나 과거의 그때에 소뼈로 혈라수의 손등을 찍었다가 소뼈가 박살 난 것처럼 진자강의 손가락이 부러지고 손등이 박살 났다.

단 일 수였다.

"윽!"

진자강은 놀라서 심상에서 깨어났다. 손가락이 뻐근하고 손등 뼈가 얼얼했다. 마치 정말로 부서진 것 같은 기이한 경험이었다.

진자강은 이를 악물고 다시 도전했다.

여러 차례 도전한 결과 결국 혈라수의 수공을 피해 팔뚝에 포룡박으로 구멍을 뚫어 독을 주입하고, 십 초 만에 혈라수의 팔뚝을 박살 낼 수 있었다.

진자강은 잠시 숨을 고른 후, 재차 혈라수를 불러내 도전했다.

이후로는 몇 번을 싸워도 계속해서 이길 수 있었다.

심상 수련이 끝났을 때, 진자강의 전신은 땀으로 흠뻑 젖어 있었다. 기혈이 다소 울렁거리긴 했어도 심하게 파열되거나 망가지지도 않았다.

* * *

심상 수련을 시작하게 되면서 진자강의 수련 시간은 대폭 줄었다.

하여 남은 시간에 산을 돌아다니며 약초를 채집했다. 복천 도장이 그어 놓은 선은 넘어가지 않았지만 대신 다른 봉우리들을 돌아다녔다.

묘월과 싸울 때 사용한 때문에 청철혈선사의 독은 삼 광층만이 남았다. 삼십 명을 죽일 수 있는 독이지만, 고수가 아닌 일반 무인들에게까지 청철혈선사의 극독을 사용하는 것은 아무래도 아깝다.

여로의 독은 이미 소진했으니 보조적으로 더 쓸 만한 독이 필요했다.

하지만 겨울이 끝나 가고 봄이 다가오는 지금 계절에는 여전히 쓸 만한 독초를 구하기가 어렵다.

대부분의 독은 뿌리와 열매에 포함되어 있는데, 겨울이라 땅을 파내지 않고선 뿌리를 분간하기 어렵고 열매는 가을이나 되어야 나온다.

하여 진자강은 군락지를 위주로 찾아다녔다.

한참을 돌아다니던 진자강은 묘한 냄새를 맡았다. 특이한 향기가 나는데 마치 향신료로 쓰는 팔각에서 나는 향과도 비슷하다.

진자강은 향을 따라가다가 다소 음습한 음지에서 망초(莽草)를 찾았다. 붓순나무라고 불리는 이것은 염주 알이나 주판알을 만드는 데 쓰이는 나무였다.

가지를 꺾어 무덤 주위에 심으면 귀신을 막는다고 하는데, 실제로는 가지와 잎에서 나는 냄새에 동물이나 곤충이 다가서지 않아서 사용되는 일이 잦다. 당연히 열매에도 독이 있지만 역시 열매는 가을이나 되어야 구할 수 있다.

'망초의 즙은 곤충이나 동물을 쫓을 수 있다…….'

진자강은 망초의 가지를 꺾어 껍질을 벗기고 씹어 보았다. 향신료와 같은 향이 입 안에 풍겼다. 아주 미량의 독성이 느껴졌지만 사람에게 통할 정도는 아니다.

하지만 진자강은 망초를 선택했다. 망초를 꺾어 마른 껍질을 벗겨 내고 속 줄기를 씹었다.

*　　　*　　　*

며칠 동안 진자강이 주변을 계속해서 돌아다니자 편복이 혼잣말처럼 말했다.

"또 병 도졌네. 병 도졌어."

"혹시 독룡 도우는 우리 청성에서조차 만일의 경우를 대비를 하고 있는 것입니까? 누가 쳐들어올까 봐서요?"

"아니면 어디 가서 풀 뜯어 먹고 있겠지, 뭐."

편복이 마루에 걸터앉아서 발을 왔다 갔다 흔드는 소소를 쳐다보았다. 소소는 어딘가 시무룩해 보이는 표정이었다.

편복이 핀잔을 주듯 말했다.

"소소야. 밥 못 해 줘서 그런 거야? 네가 밥순이도 아니고 밥을 못 갖다 준다고 섭섭해할 필요는 없지 않으냐."

소소가 편복을 보더니 고개를 좌우로 흔들었다.

운정이 말했다.

"그렇습니다. 독룡 도우는 어디 가서 굶을 사람은 아니에요. 소보다도 풀을 더 잘 먹어요."

소소가 풋 하고 웃음을 터뜨렸지만 이내 서글픈 표정을 지었다. 금방이라도 눈물이 떨어질 것 같은 얼굴이었다.

운정이 어쩔 줄 모르고 머리만 긁었다. 편복은 입맛을 다시며 고개를 설레설레 내저었다.

"내버려 두시게. 다들 젊어서 그런지 아주 열병들을 앓는구먼."

"네? 열병이요? 갑자기 돌림병이라도 도는 건가요?"

"도사님은 모르셔도 되네. 청성파 도사는 안 걸리는 그런 게 있어."

운정이 뿌듯한 표정으로 말했다.

"하긴 저희 내공심법이 본래 양생(養生)에 뿌리를 둔지라 병치레를 안 하죠."

소소가 달려와서 편복과 운정이 하던 주사위 판을 발로 찼다. 흙먼지가 풀풀 일었다.

"어이쿠! 이 녀석이 왜 이러는 거여? 콜록콜록."

"소, 소저!"

소소가 아니라고 고개를 마구 흔들더니 밖으로 뛰어갔다.

"아이고, 이거 말을 못 하니 왜 그러느냐고 물어볼 수도 없고. 어쩔 수 없이 다시 해야겠구먼."

"아앗! 내가 이기고 있었는데요!"

          *   *   *

　이튿날, 진자강은 새벽부터 일어나 짐을 쌌다. 짐이라고 해 봐야 봇짐 하나 정도뿐이지만, 일행들에게 그 의미는 굉장히 컸다.

　편복은 얼이 빠졌다.

　"당가로 가겠다고? 제정신이야?"

　"그렇습니다."

　"제정신으로 어떻게 당가를 가!"

　"혼담이 왔습니다."

　"그건 알지!"

　편복은 기가 막히다는 듯 곰방대를 물고 뻑뻑 빨아 댔다.

　"자신들이 멸문시킨 문파의 후예에게 혼담을 건네는 쪽이나, 혼담이 왔다고 원수의 가문으로 찾아가는 쪽이나…… 도대체 어느 쪽이 미친 건지 알 수가 없구먼."

　말을 하다 말고 편복이 뜨끔해서 당하란의 눈치를 보았다. 당가는 자존심이 강하고 예민하다. 당가 사람 앞에서 이런 말을 했다가 쥐도 새도 모르게 죽을 수도 있다.

　하지만 의외로 당하란은 묵묵히 서 있을 뿐이었다.

　운정이 진자강을 보고 말했다.

　"독룡 도우가…… 정말 대단한 사람이라고는 생각했지

만 설마하니 당가로 직접 가겠다고 할 줄은 몰랐습니다."

"장고하여 내린 결정입니다."

"정말 괜찮으시겠습니까? 아니, 저는 아무리 생각해도 이건 아닌 거 같은데……."

"걱정해 줘서 고맙습니다."

진자강은 가벼운 미소로 운정의 말을 넘기고 단령경을 보았다.

"해독약을 꼭 구해 오겠습니다."

말은 간단히 하지만 길은 결코 순탄하지 않다. 어쩌면 영원히 돌아오지 못할 수도 있다.

"무사히 다녀오시게."

당하란도 사람들에게 인사했다.

"그간 실례 많았습니다."

운정이 섭섭해했다.

"다음에 연이 되면 다시 뵙길 바랍니다."

"운정 도사께서도."

진자강은 청성파의 전각들을 쳐다보았다. 끝내 무암 존사를 만나고 가지 못하게 됐다.

도가에서 하는 말로 흔히 이를 연이 닿지 않았다고 한다.

진자강은 실망하지 않았다.

어차피 진자강은 지금 겨우 두 개의 둑을 쌓았을 뿐이다.

지금 조언을 받는다고 해서 도움이 될지 알 수 없고, 사실은 조언을 해 줄지조차 알 수 없는 일이다.

복천 도장이 약속하긴 하였으나 마냥 기다릴 수도 없는 일이었다.

아쉽지만 어쩔 수 없었다.

편복이 주변을 둘러보았다.

"그런데 소소 이 녀석은 어딜 갔지?"

진자강이 떠나면 제일 섭섭해할 아이가 보이지 않으니 이상한 일이었다.

하지만 소소는 금세 부엌에서 뛰어나왔다. 소소는 댓잎으로 싼 주먹밥을 진자강에게 건넸다.

따뜻했다.

진자강이 떠나겠다고 한 건 평소의 아침 시간보다 한참이나 빨랐다. 그사이에 밥을 하고 주먹밥을 만들 시간이 없었을 터였다. 한데 마치 진자강이 떠날 거라는 걸 미리 알고 있기라도 한 듯 준비를 해 둔 것이다.

"잘 먹을게."

진자강은 소소를 가만히 바라보았다. 소소는 웃으면서 고개를 끄덕였다.

소소는 당하란에게도 주먹밥을 건넸다. 당하란은 조금 당황했다.

당가에 있을 때는 신경도 쓰지 않았을 존재감이 없는 아이였다. 귀엽고 어린 동생 같은 아이지만 그게 다였다.

그런데 지금은 이상하게도 특별한 의미로 느껴지고 있었다.

"고…… 마워."

당하란이 어색하게 감사 인사를 하자 소소는 당하란에게 허리를 꾸벅 숙였다. 그것은 당하란에게 하는 인사가 아니라 진자강을 잘 부탁한다는 의미임을, 당하란은 본능적으로 알 수 있었다.

*　　*　　*

산을 내려가는 도중 당하란이 말했다.

"이봐요."

"이번엔 또 존대입니까?"

당하란이 코를 찡그리고 볼을 부풀렸다.

"이쪽도 당신이 낭군 행세를 한다니까 나름대로 신경 써 주는 거라고."

"그냥 하던 대로 하십시오."

당하란이 씩씩거리면서 말했다.

"근데 당신, 저 아이가 당신을 마음에 두고 있는 건 알아?"

진자강이 당하란을 쳐다보았다. 하지만 그 표정만으로는 알고 있는지 아닌지 알 수가 없었다.

당하란은 한숨을 내쉬었다.

"아무래도 당신은 내 생각보다 더 속을 알 수 없는 사람이야."

당하란이 진자강보다 앞서가 버렸다. 진자강은 잠시 서서 뒤쪽, 일행이 있는 방향을 돌아보다가 다시 돌아서 걸음을 옮기기 시작했다.

그들의 모습을 먼발치에서 복천 도장이 묵묵히 바라보고 있었다.

*   *   *

답답해진 당하란이 먼저 입을 열었다.

"말 좀 해 봐. 원래 그렇게 말이 없어?"

말이 없기로는 당하란도 뒤지지 않는다. 그러나 진자강의 묵묵함에는 당하란보다 더 심했다.

"그런 건 아닙니다. 다만……."

진자강은 청성산을 다 내려와서도 뒤를 힐끗 돌아보았다.

"마음에 걸리는 게 있어서 그렇습니다."

"뭔데?"

"청성파의 사람들이 나타나지 않는군요. 한 번쯤 나올 만도 한데."

"그건……."

복천 도장은 이미 당하란이 진자강을 마음에 두었다는 걸 알고 있었다. 어느 정도는 진자강이 당가로 가게 될 거라는 예측을 하고 있었으리라.

당하란은 그 생각을 하다가 혼사를 주관해 주겠다는 복천 도장의 말이 떠올라 뺨이 붉게 물들었다.

자신의 마음이 남에게, 그것도 복천 도장에게 들켰으니 부끄럽지 않을 수가 없었다.

하여 당하란은 더 이상 진자강에게 말을 걸지 않았다.

그러나 이 같은 당하란의 생각은 대체로 들어맞았다.

진자강이 혼담을 받아들이면 진자강은 당가의 사람이 된다. 타 문파의 사람에게 옥허구광 오뢰합마공에 대해 함부로 알려 줄 수는 없는 일.

그래서 복천 도장은 복잡한 상황을 만들지 않으려 일부러 나타나지 않았다. 대신 진자강이 떠날지 남게 될지를 계속해서 지켜보고 있었던 것이다.

결국 진자강이 당하란을 따라나섰으니, 이제 약속은 거의 지킬 수 없게 된 거나 다름이 없게 되었다.

*　　　*　　　*

　망료도 곧 소식을 전해 들었다.

　"놈이 당가로 오고 있다고?"

　그러나 망료는 그리 놀란 얼굴이 아니었다. 오히려 낄낄
거리고 좋아했다.

　"해독약을 안 주고 도발을 걸었으니, 당연히 올 줄 알았
지. 그게 네놈의 특성이잖으냐."

　처음 진자강을 겪는 이들이라면 진자강의 돌발적인 행동
에 당황할 수도 있다.

　그러나 망료는 아니다. 놀랍고 기상천외한 행동도 반복
되면 점차 양상을 알게 된다.

　이미 열 살 때 지독문에 쳐들어왔던 놈이 아닌가.

　"아무리 그렇더라도 천하에서 당가를 직접 찾아갈 생각
을 하는 놈은 세상에 너뿐일 거다. 껄껄껄!"

　지독문과 당가는 비교 자체가 불가능하다. 고래와 민물
잡어를 비교하는 것과 같으니 말이다.

　망료는 아미파에서 급히 돌아갈 차비를 했다.

　그토록 오래 기다려 왔던 손님, 진자강을 맞이해야 하니까.

　망료가 떠나겠다고 인은 사태에게 말을 전했다.

인은 사태가 망료에게 물었다.

"왜 그리 급하십니까?"

"아아, 인륜지대사(人倫之大事)를 앞두고 있어서 그렇소
이다."

인륜지대사는 혼인을 일컫는다. 인은 사태가 놀란 눈으
로 기뻐했다.

"아미타불! 그렇게 좋은 일이 있다는 말입니까? 마땅히
축하할 일이옵니다. 어떤 집안에 그리 큰 경사가 있습니까?"

"당가의 일이올시다. 독룡과 염왕의 손녀인 당하란 간
의."

인은 사태가 살포시 웃었다.

"아무래도 저희 사자에게는 비밀로 해야겠군요."

마사불 묘월이 알게 된다면 가서 난장판을 부릴 게 분명
하니 말이다.

"뭐…… 하객(賀客)으로 오겠다면 그것까지 막을 수는
없는 일 아니겠소이까?"

"아이, 참으로 짓궂은 분이옵니다."

눈웃음을 치는 인은 사태를 보며 망료는 등골이 서늘했다.
저 예쁜 비구니의 가느다란 눈웃음 속에 무슨 생각들이 들어
있는지 안다면 세상 사람들은 놀라 자빠질 게 분명하다.

인은 사태가 웃으며 말했다.

"본래 부부지간은 보통 각별한 연이 아니라지요. 전생에 부모 형제를 잃은 원수거나? 혹은 큰 은혜를 입은 사람들끼리 만난다고 합니다."

아나나 다를까. 말에 뼈가 있었다.

그러곤 망료가 말을 꺼내기도 전에 인은 사태가 말을 이었다.

"그럼 소승도 함께 가 볼까요? 소승 같은 비구니들이야 인연이 없는 일이겠으나, 그것이 과연 어떤 인연인지 궁금한 때문에 타인의 혼사를 지켜보는 것은 재미나라 한답니다. 당청 어르신도 오랜만에 뵐 겸해서 소승도 가지요."

"묘월 스님께서는?"

망료의 물음에 인은 사태가 살포시 웃었다.

"저희 사자도 그런 구경거리가 있으면 안 빠지는 성격이시랍니다."

＊   ＊   ＊

소소가 싸 준 주먹밥을 먹으며 당하란이 물었다.

"별다른 경신법을 쓰는 것 같지도 않은데 왜 걸음이 빠르지?"

진자강은 걸음을 다소 절룩이면서도 당하란을 곧잘 따라

걷고 있었다. 속도뿐 아니라 잘 지치지도 않는 것 같았다.

"습관이 돼서 그런가 봅니다."

"습관이 된다고 걸음이 빨라지나…… 정말 이상한 사람이야."

진자강이 피식 웃었다.

당하란이 투덜대다가도 살짝 진자강을 곁눈질했다.

왜 웃었는지는 몰라도 웃으니까 보기는 좋았다.

영원히 이대로 당가에 돌아가지 않았으면, 하는 생각도 들었다.

그러나 그럴 일은 없을 테고 당가에 도착해서는 어떤 일이 벌어질지도 알 수 없었다.

진자강이 당가로 가는 목적은…… 정말로 자신과 혼사를 치르기 위해서가 아니기 때문이다.

"내가 구혼을 취소했으니까, 당신은 아직 내게 빚이 하나 남은 거야. 계산은 정확히 해 줬으면 좋겠어."

"기억하고 있습니다."

진자강은 이내 무덤덤한 표정으로 주먹밥을 씹었다.

당하란은 결국 구혼을 포기했다. 대신 진자강이 혼담을 받아들인 것처럼 하여 동행하기로 했다.

물론 상황이 여의치 않으면 혼사까지 치르는 걸 각오하기로 합의를 보았다.

결론적으로 보면 그게 그것인 일이라, 구혼을 받아들인 것과 아닌 것에 무슨 차이가 있는지 진자강으로서는 구분하기 애매했다.

　하나 당하란이 강력히 주장하였으니 따르기로 한 것이다.

　진자강은 속으로 다짐했다.

　'기회가 온다면 망설이지 않고 염왕 당청을 죽인다.'

　절대로 목적을 잃고 중간에 표류하지는 않을 것이다.

　당하란은 무표정해진 진자강의 모습이 섭섭하면서도 어쩔 수 없다는 걸 이해했다.

　진자강이 화를 내거나 날카로워지지 않은 것만도 감사해야 했다.

　진자강은 자신의 사문과 핏줄의 원수인 가문으로 가고 있는 것이니까.

＊　　　＊　　　＊

　며칠의 여정을 거쳐 진자강과 당하란은 당가대원에 도착했다.

　진자강은 당가대원의 어마어마한 크기와 남다른 구조에 놀랐다.

　그것은 하나의 성과도 같았다.

심지어 당가대원의 외부로도 수많은 집들이 있어서 일종의 거마목(拒馬木) 역할을 하고 있었다. 당가를 정면에서 공격하려면 저 집에 사는 당가의 가신 가문 사람들부터 제거해야 할 것이다.

당연히도 이미 소식을 들은 듯 사람이 나와 있었다. 시녀 둘이 당가대원의 정문 앞에서 기다렸다. 한 명은 진자강의 짐을 받아 들었고, 다른 한 명은 진자강에게 새 옷을 건넸다.

하지만 당하란과 함께 가는 게 아니라 다른 방향을 안내했다.

"아가씨는, 이쪽입니다."

오자마자 망료를 찾아가려 했던 당하란의 계획은 수포로 돌아갔다.

"공자께서는 방으로 가시면 몸을 씻는 걸 도와 드릴 겁니다. 새 옷으로 갈아입고 기다리시면 어른들께 안내해 드리겠습니다."

시녀의 말을 듣고, 당하란이 진자강을 돌아보았다.

진자강은 원수의 소굴 한복판에 있는데도 표정의 변화가 전혀 없다. 긴장하는 것 같지도 않다.

저런 대담함은 어디서 오는 것일까.

아무래도 진자강을 걱정할 일은 없을 것 같았다. 자신을 걱정해야 할 때일 뿐.

당하란은 가볍게 숨을 고른 후 진자강에게 작별을 고했다.

"안녕."

진자강은 고개를 끄덕여서 인사를 받았다.

"곧 만나죠."

시녀가 곧 진자강을 안내했다. 진자강은 시녀를 따라 좁은 골목과도 같은 담길을 걸었다.

미로.

진자강은 보는 순간 깨달았다.

보는 방향에 따라 다르게 보이는 벽의 문양들. 그림자들이 미묘하게 사람을 착각하게 만드는 길이었다.

진자강은 기침을 하는 척하면서 새끼손가락을 입에 넣고 깨물었다.

와직.

          *   *   *

상당한 시간을 걸었다. 족히 반 시진은 걸은 듯했다. 아무리 집이 넓어도 그 정도나 걷는다는 건 말이 안 된다.

'같은 길을 몇 번씩 돌고 있다.'

진자강은 일찌감치 눈치챘다. 모든 담의 문양은 하나처럼 같다. 다른 길을 가더라도 좀처럼 알아채기가 어렵다.

그러나 진자강은 벌써 몇 차례나 확인했다.

매 구역마다 몇 차례씩 같은 곳을 돌고 있다는 걸.

하나 겉으로는 내색하지 않고 말없이 시녀의 뒤를 따르기만 했다. 시녀는 엉덩이가 좁은 궁장을 입었는데도 보폭이 일정하고 걸음이 흐트러지지 않았다. 무공 수준이 낮지 않은 것 같았다.

그 후로도 한참이나 지나서야 시녀는 담장 사이의 수화문에서 멈춰 섰다.

"머무실 곳은 여깁니다. 목욕물을 덥히면 다시 모시러 오겠습니다."

시녀가 문을 열고 물러섰다.

진자강은 문 안으로 들어섰다. 작은 연못과 정원이 있는 두 칸짜리 방이 있었다.

그러나 진자강은 더 이상 들어가지 못하고 문간에서 멈춰 서야 했다.

껄껄껄껄!

기억에서 잊히지 않는 목소리.

진자강의 전신에 쭈뼛 소름이 끼쳤다.

第二章
봉관하피

진자강은 걸음을 멈추고 앞을 노려보았다.

망료!

망료가 그곳에 있었다!

정원석에 몸을 기대고 목발을 짚은 채로.

진자강의 몸에서 스산한 살기가 피어올랐다.

진자강의 살기에 반응한 날벌레와 새들이 푸득거리며 사방을 어지러이 날아다녔다.

곳곳에 숨어 있던 당가의 무사들도 어수선하게 반응했다. 수 쌍의 눈이 진자강을 응시하는 게 느껴졌다.

망료가 흐뭇하게 진자강을 바라보며 말했다.

"이렇게 멀쩡한 채로 만나는 것은 이번이 처음이지? 감회가 어떠냐?"

진자강은 말없이 망료를 보았다.

"내가 보낸 신붓감이 꽤 마음에 들었던 모양이구나? 그래도 우리가 십 년 인연인데 혼기를 앞두고 모른 척할 수 있나. 하여 내 신경 써서 신부를 골랐단다."

역시나 당하란을 보낸 것은 망료의 수작이었던 것이다.

망료는 입이 찢어질 정도로 길게 웃으며 물었다.

"말해 봐라. 그렇게 멍하니 있지 말고."

그제야 진자강이 입을 열었다.

"뭐가 말입니까?"

"뭐든."

망료가 양손을 비비면서 기대감으로 눈을 빛내고 마른침까지 꿀꺽 삼켰다.

"네 생각이든 지금 기분이든. 생각나는 건 뭐든지 말해 보려무나. 아, 그래. 여기서 나를 마주한 느낌은 어떠냐? 응?"

마침내…… 이렇게 직접적으로 만나서, 직접 진자강의 입으로 진자강의 감회를 들을 수 있게 되는 날이 온 것이다!

"일전에는 아무래도 상황의 여의치 않아 아쉬웠지. 지금은 방해하는 사람도 없으니 어서 말을 해 보려무나."

십 년을 기다린 보람이 없지 않았다. 혹시나 진자강이 중간에 죽지 않을까 조마조마했던 망료에게 있어서 지금은 최고의 순간이었다.

십 년 농사 끝에 첫 씨알이 열리기 시작한 벼를 바라보는 심정과도 같았다.

망료는 흥분되어 저도 모르게 말이 길어졌다.

"너는 참으로 잘해 주었다. 너는 모르겠지만, 너를 이 자리에 서 있게 하기 위해 나는 굉장히 많은 것들을 준비했다. 네놈이 중간에 포기하고 떨어져 나갈까 봐 마음을 졸인 순간이 한두 번이 아니었다."

진자강이 묵묵히 망료를 보기만 하자, 망료는 몸이 달아 계속해서 말을 했다.

"겪어 보니 느껴지지 않더냐? 중원은 아주 험하단다. 우리 운남 촌놈들이야 운남이 최고인 줄 알고 살았는데, 운남 밖은 더 심한 지옥이었어. 우물 안의 개구리처럼 보호받으며 살았는데, 우리는 우리가 잘났다 생각하고 산 게야. 반성해야 돼. 나는 참 많이 반성했다. 그래서 네가 조금이라도 편하게 적응하라고 많이 배려했어."

망료가 껄껄 웃더니 말을 계속했다.

"미안하구나. 너를 이렇게 마주 보니 웃음이 계속 나와. 멈출 수가 없구나."

솔직히 망료는 안달이 나 있었다.

진자강이 무슨 말을 할지 기대되어 전신의 터럭 하나까지 곧추세우고 진자강의 반응을 기다렸다.

"그러니까 좀 더 말을 해 보려무나. 너의 지금 심정은 어떠한지. 그간 겪은 일들은 어떠하였는지. 혀를 뽑은 것도 아닌데 왜 말을 아끼느냐."

진자강의 마음이 궁금한 망료가 자꾸만 재촉했다.

그런데 이상하게도 진자강의 반응은 망료의 예상과 반대로 흘러갔다.

돌연 진자강의 살기가 사라지기 시작했다.

망료가 의아한 표정을 지었다.

진자강은 조금씩 무덤덤해져 갔다.

얼마 지나지 않아 살기가 완전히 사라졌다.

망료는 이해하기 어려워 되물었다.

"으응? 이상하구나. 나를 보고 있는데 왜 화를 내지 않느냐? 화를 내야지. 분노해야지. 금방이라도 쳐 죽이고 싶어서 손발이 근질근질해야지. 도대체 왜 화를 내지 않아?"

하지만 진자강은 한쪽 입꼬리만 아주 살짝 올려 웃었다.

진자강이 낮게, 하지만 망료가 똑똑히 들을 수 있을 정도로 차분하게 말했다.

"그래 봐야 하수인인 주제에. 아니, 하수인도 과하군요.

기껏해야 당가에 기생하는 조무래기 주제에 뭐라는 겁니까?"

"……."

망료의 얼굴이 웃던 채로 굳었다.

그 상태에서 이루 말로 표현하기 어려울 정도로 기괴하게 얼굴이 일그러지기 시작했다. 웃는 것도, 찡그리는 것도 화를 내는 것도 아닌 묘한 얼굴이었다.

망료는 그런 이상한 얼굴로 웃음소리를 냈다.

"큭큭."

진자강은 빤히 망료를 바라보기만 했다.

"큭큭, 큭큭큭큭!"

망료의 웃음소리는 점점 더 진해졌다. 금방이라도 욕설이 튀어나올 거라 생각했는데 망료의 반응 역시 진자강이 생각한 것과 전혀 달랐다.

망료는 깊게 숨을 들이쉬었다가 내뱉었다. 그것만으로 평정을 되찾고 원래 얼굴로 돌아왔다.

"후우. 하마터면 내가 먼저 이성을 잃을 뻔했구나. 이것 참 이 나이를 처먹도록 아직도 정신 수양이 덜됐으니 부끄럽기 짝이 없어."

망료는 자신을 바라보기만 하는 진자강의 눈을 쳐다보며 고개를 가로저었다.

"하지만 실망이야. 실망. 이런 건 내가 원하던 게 아냐. 이런 건 우리 사이에 어울리지 않아."

진자강은 여전히 말없이 망료를 지켜보았다.

망료가 입맛을 다시며 다시 고개를 저었다.

"거칠게 송곳니를 드러내고 달려들어서 피를 줄줄 흘리며 물어뜯고…… 난 그런 걸 기대했거든. 일전에 내게 독침을 꽂아 넣던 그 야성(野性)은 다 어딜 간 게야? 누가 너더러 먹잇감을 가리라고 가르치든?"

진자강이 조소했다.

"큰 먹잇감을 앞에 두고 썩은 먹이로 입맛을 버리긴 아깝군요."

망료는 분명 죽여 없애야 할 원수다.

그러나 궁극적으로 약문 전체의 원수인 염왕 당청을 눈앞에 두고 망료 따위로 일을 그르칠 수는 없었다.

진자강은 당장이라도 망료에게 달려들고 싶었으나 초인적인 인내심을 발휘해 살기를 억눌렀다.

한데 망료가 그런 진자강의 생각을 알아챈 것이다.

망료가 손가락을 저었다.

"아냐, 아냐. 그건 잘못되었어. 야수의 왕은 하찮은 사냥감 하나에도 최선을 다해야 하느니라. 먹을 것을 가리는 놈은 이미 야수가 아냐. 맹수도 아니지."

"나는 야수가 되길 바란 적도 없고, 맹수 취급을 원한 적도 없습니다."

"오호?"

망료가 손뼉을 쳤다. 무심결에 드러난 진자강의 분노를 간파했다.

"그거야 바로 그 눈빛. 그래야 독룡이라고 할 수 있지! 조금 더, 좀 더 해 봐라, 응?"

진자강이 입을 씰룩였다.

"이제 그만 가서 차례를 기다리십시오. 때가 되면 찾아갈 겁니다."

"흥. 어른이 되어 가는 건가? 재미없는데……."

망료가 갑자기 씩 웃었다.

"그럼 약간의 야성을 되찾도록 흥을 돋워 볼까?"

그 순간 진자강은 전신을 찌르는 듯한 거대한 살기를 느꼈다.

바로 지척이었다.

진자강의 그림자에 더 큰 그림자가 덮어 씌워졌다.

진자강의 등 뒤에서 누군가가 나타났다.

그가 뒤에서 진자강의 머리를 살도 없이 뼈와 가죽만 남은 양손으로 덥석 쥐려 하고 있었다. 진자강은 양손으로 침을 뽑아 팔을 교차시키며 얼굴의 양쪽으로 침을 내밀었다.

진자강의 머리를 움켜쥐면 등 뒤에 있는 자의 손바닥은 침에 찔리고 말 것이다.

하지만 그는 멈추지 않았다. 침은 그의 손바닥을 아주 조금.파고들었을 뿐, 더 이상 뚫지 못했다.

오히려 그가 힘을 주고 누르자 진자강의 손가락 사이에 끼인 침이 조금씩 밀리기 시작했다. 침을 쥔 힘보다 침 끝을 누르는 힘이 더 강하다.

이대로라면 진자강의 뺨이 침에 뚫릴 지경이다.

진자강은 약지 손톱을 장침의 아래에 밀어 넣어 더 밀리지 않도록 받쳤다.

그가 더 힘을 주었다.

푹, 푸욱.

침이 되레 진자강의 손톱을 깨고 파고들었다.

진자강은 이를 악물었다. 그의 손바닥에서 내뿜어지는 후끈한 열기가 진자강의 뺨에 가까워지고 있었다.

그극.

침은 약지의 손톱을 뚫고 점점 더 파고들어서 손바닥의 뼈 사이에 박혔다.

"으윽!"

진자강은 신음을 내뱉었다. 그의 힘이 너무 강해서 박힌 상태로 침이 휘고 있었다.

마침내 그의 양손이 진자강의 얼굴을, 얼굴을 가로막은 손을 완전히 덮었다. 그 상태로 앙상한 손가락을 잔뜩 벌려 진자강의 머리를 잡고 들어 올렸다. 진자강은 팔을 교차한 채 잡혀서 꼼짝없이 공중에 들리고 말았다. 깨진 손톱에서 흐르는 피가 손바닥을 타고 뚝뚝 흘러내렸다.

그가 진자강의 귀에 대고 이를 갈며 속삭였다.

"오랜만이다, 애송이."

마사불!

망료가 그 광경을 보고 흐뭇하게 웃었다.

"무릇 야성이라면 그 정도는 되어야지. 뭐, 지금은 인사 중이니까 그 정도만 해 두십시다."

묘월이 망료를 노려보았다. 눈에서 시퍼런 불길이 일고 있었다. 묘월이 쉰 목소리로 으르렁거렸다.

"그만두라고? 지금 내게 명령하는 것인가!"

망료가 어깨를 으쓱였다.

"아무래도 이쪽은 야성이 지나친 모양이군."

"뭣이?"

"아아, 아니오. 아무튼 새신랑이 될 녀석을 피투성이로 만들면 당가에서도 그리 좋아하지 않을 거라는 얘기를 하려 했소이다. 스님은 어디까지나 하객의 입장이 아니겠소?"

묘월은 씩씩대다가 양팔을 더 위로 치켜들어서 힘껏 진자강을 내던졌다. 진자강은 던져지는 순간 앞으로 몸을 숙여서 뒷발로 묘월의 배를 찼다. 묘월이 힘을 주고 배로 진자강의 발을 튕겨 냈다. 진자강은 반동으로 몸을 옆으로 비틀어 교묘하게도 묘월의 다친 왼눈, 안대를 걷어찼다.

아무리 힘이 실리지 않았더라도 얼굴을 맞는 것은 기분이 나쁜 일이다. 묘월은 살짝 고개를 틀어 피했다. 바로 코앞을 스치듯이 진자강의 발이 지나갔다.

진자강은 뛰어내려서 바닥을 한 바퀴 구르곤 일어났다.

망료가 박수를 쳤다.

"예전보다 몸놀림이 아주 좋군. 맘에 들어."

진자강은 뻣뻣해진 팔을 흔들었다. 약지가 굽혀진 채 손바닥에 붙어 있었다. 침이 약지의 손톱을 관통해 손바닥까지 꿰뚫어 버린 것이다.

진자강이 이로 침을 물어 뽑았다. 뼈에 박혀 있던 침이 뼈를 긁는 듯한 기분 나쁜 느낌과 함께 뽑혀 나왔다. 구멍이 난 손톱과 손바닥에서 핏방울이 똑똑 떨어졌다.

망료가 물었다.

"야성이 아주 사라진 건 아닌 모양이군. 껄껄껄!"

망료는 정원석에 기댔던 몸을 일으키고 진자강에게로 천천히 걸어오기 시작했다.

뚜걱, 뚜— 걱!

일부러 예전의 기억을 되살리려는 듯, 목발의 소리에 힘을 주고 있었다.

망료는 더 싸우지 않고 진자강을 스쳐 지나갔다. 물론 한마디를 남기는 것은 잊지 않았다.

"기대하거라. 신나는 일은 이제부터 시작이란다."

"아니."

진자강이 어깨에 닿을 듯 말 듯 스쳐 지나가는 망료에게 이를 깨물고 잇새로 내뱉듯 말했다.

"그런 일은 없을 겁니다. 이제부턴 내가 당신을 재미없게 만들어 줄 테니까."

"그래? 그럼 나야 환영이지. 껄껄껄!"

망료는 한껏 웃으며 진자강을 지나쳤다.

묘월은 한동안 진자강을 시퍼런 눈으로 노려보다가 망료를 따라 문을 나섰다.

망료가 떠난 후, 진자강은 오히려 망료가 있을 때보다 더얼굴이 굳어졌다.

자신을 고통스럽게 만들기 위해 망료가 광혈천공을 주입한 것을 알고 있는데 분노하지 않는다는 건 굉장히 힘든 일이었다.

그러나 진자강은 티 내고 싶지 않았다. 망료 때문에 고통스럽다는 걸 보여 주고 싶지 않았다. 화를 낼수록 망료에게 자신이 고통받고 있다는 걸 알려 줄 뿐이다.

지금도, 그리고 앞으로도 망료에게 고통스러워하는 모습은 절대로 보여 주지 않으리라!

진자강은 호흡을 고른 후 방으로 들어갔다.

*　　　*　　　*

망료의 뒤를 따라 걷던 묘월은 아직 씩씩댔다.

망료가 잠시 걸음을 멈추고 뒤를 돌아보았다.

"분이 덜 풀리셨소이까?"

묘월이 이를 갈며 대답했다.

"빈니를…… 그대의 부하 취급하지 말라. 빈니의 호의를 함부로 곡해하면 그대 역시 부처의 진노를 피하기 어려울 것이다."

"부처는 내 마음에도 있고 스님의 마음에도 있고, 길가의 돌에도 있소이다. 길가의 돌이 진노하는 일은 없잖소이까?"

망료가 껄껄 웃자 묘월의 외눈이 치켜 올라갔다.

"닥……!"

그러나 그 순간 묘월이 휘청댔다.

묘월은 어지러워져서 몇 걸음이나 갈지자로 휘청대다가 벽을 짚고서야 겨우 자세를 잡았다.

"크억!"

입에서 침이 흘렀다. 묘월이 당황했다.

"잠시 좀 있어 보시겠소이까?"

망료가 묘월의 얼굴에 자신의 얼굴을 가까이 가져다 댔다. 심지어 묘월의 얼굴에 손을 가져다 대기까지 했다!

"무슨……!"

남녀 간의 사정을 모르는 바 아니나, 비구니에게 남자가 손을 대다니! 묘월은 대노했으나 어지러워서 대응을 하기가 어려웠다. 그러나 망료가 묘월의 왼쪽 눈 안대에서 무언가를 쑥 빼내자, 묘월은 한편 시원함을 느꼈다.

망료의 손에 피 묻은 침이 들려 있었다.

"어, 언제!"

망료가 웃었다.

"아무래도 스님의 왼쪽 눈은 아주 못 쓰게 되어 버린 모양이구려. 아까 놈이 박아 넣었는데 모르셨던 모양이외다?"

묘월이 진자강을 떠올리며 이를 갈았다. 진자강이 자신의 안대 쪽을 노렸던 이유가 있었다.

"이이…… 이 씹어 죽일 놈이!"

"원래 그런 놈이오. 곧 죽어도 혼자 죽는 법이 없이 발악을 하지."

"눈! 내 눈, 크아아아!"

묘월이 발작을 시작하려 했다. 한쪽 눈이 망가져 아예 왼편의 시야를 잃어버린 것은 묘월 같은 고수에게 큰 부담이었다. 낙심할 수밖에 없는 것이다.

망료가 묘월을 다독였다.

"뭐, 괜찮소. 금세 익숙해질 테니까. 한쪽 눈으로 세상을 보는 것도 의외로 이점이 있소이다."

"빈니를 놀리는 건가!"

"그럴 리가 있소? 내 나이가 몇인데 비구니를 놀리며 좋아하겠소, 쯧."

망료가 자신의 외눈을 가리키며 입을 이죽거렸다.

"한쪽 눈으로만 보면 세상이 매우 단순해진다오. 남들은 편향적이라고 뭐라들 하지만, 그럼 지들이 내 눈 꼬라지가 되어 보라지? 굳이 안 보이는 데를 보려 하지 말고 포기하시오. 내가 보고 싶은 것만 보면 잡념이 사라지고 마음이 편해진다오."

묘월은 망료의 말을 들으면서 묘한 기분을 느꼈다. 자신과 연배도 비슷한 데다 동병상련인 때문일까? 자세히 곱씹어 보면 오히려 마구잡이로 내뱉는 말 속에 혜안마저 느껴졌다.

"한쪽 눈으로 세상을 보면 잡념이 사라진다고?"

그것은 불문의 제자로서 매번 부처의 자비와 살생, 불살생의 사이에서 자신을 억누르지 못하는 묘월에게는 신선한 충격과도 같은 말이었다.

묘월은 한층 안정된 표정이 되었다.

"실로…… 오랜만에 마음에 드는 말이외다……."

*　　　*　　　*

당하란은 자신의 방 안, 벽 하나를 가득 채우고 있는 옷 앞에서 넋을 잃었다.

봉관하피(鳳冠霞帔).

봉황의 무늬에 온갖 보석이 박힌 관과 꽃, 구름 등의 그림이 화려한 금실로 수놓아진 새빨간 천의 옷.

"혼례복……."

당하란은 봉관하피를 멍하게 바라볼 수밖에 없었다.

과연 언제쯤 이 옷을 입을 수 있을지 어렸을 때부터 늘 꿈꾸었는데, 어느덧 그 일이 현실로 다가온 것이다.

하지만 과연 봉관하피를 제대로 입을 수 있을까?

무사히 혼례를 치를 수나 있게 될까?

답답함과 동시에 슬픈 마음이 들었다. 진자강의 행동에 따라 어쩌면 이 옷은 평생 입어 볼 수 없게 될지도 모른다.

그럼에도 당하란은 아직 미련이 남았다.

당하란은 꿈결처럼 부드러운 비단 소매를 매만지며 한참이나 감상에 젖었다.

옆에서 시비가 말했다.

"염왕께서 그 옷을 입고 준비하시랍니다."

*　　　*　　　*

진자강은 저녁 식사에 초대를 받았다.

연회가 아닌 당하란의 부모가 진자강을 만나는 자리라고 전해 들었다.

진자강은 당가에서 건네준 무복을 입었다. 연녹색 의복에 진한 녹옥빛 장포를 위에 걸쳤다.

특이하게도 장포의 소매 안쪽에는 끈과 안감이 덧대어 있어서 당기면 안감의 입구가 조여져, 안쪽에 안전하게 물건을 담을 수 있었다.

아마도 암기와 독을 쓰는 당가의 특성이 의복에까지 영향을 끼친 모양이었다.

진자강은 한 번 더 소매의 안주머니 모양을 확인하고 당하란의 양친을 만나기 위해 일어섰다.

밖에서 안내할 시비가 기다리고 있었다.

역시나 긴 복도 같은 길을 몇 번이나 지나야 했다.

이 다경 이상을 걸어간 곳은 커다란 전각의 안쪽 방이었다.

화려한 옷을 입은 중년의 남자가 진자강을 기다리고 있다가 포권을 하며 반겨 주었다.

"어서 오게. 자네가 그 유명한 독룡이라지?"

중년의 부인도 소매로 입을 가리고 눈웃음을 치며 진자강을 맞이했다.

"소협의 명성은 익히 들어 왔다네. 내가 하란이의 어미 되는 사람일세. 예까지 와 주어 고맙네."

진자강은 포권을 하며 가볍게 고개를 숙여 답례했다.

기분이 묘했다. 방에 들어오자 마치 벌집 안에 들어와 있는 듯 전신의 감각이 묘하게 흐트러지고 웅웅대며 둔해진 느낌이 들었다.

"앉지. 식사가 곧 준비될 걸세."

네모난 식탁에 세 사람이 앉았다.

두 여인이 와서 음식을 나르기 시작했다. 눈을 현혹시키는 여러 가지 요리들이 나왔다.

그러나 당하란은 없었다.

하나 진자강은 묻지도 않고 가만히 있었다.

당황스럽게도 멋쩍어하는 쪽은 되레 당하란의 부모 쪽이었다.

남자 쪽이 웃음을 지으며 말했다.

"알고 있겠지만, 우리 가문으로 오게 되면 자네의 성씨를 바꿔야 한다네. 과거에 어떤 가문의 사람이었던 간에 당씨 성을 받게 됨으로써 드디어 당가의 일원으로 받아들여지는 거지."

부인도 말했다.

"물론 우리 쪽에서 날을 잡을 것이고, 혼수도 준비할 것이네만 혹시나 원하는 게 더 있다면 말을 해 보게나."

"없습니다."

"……."

"배가 고팠나 보군. 많이 들게."

"배는 별로 고프지 않습니다."

진자강의 대답에 중년 남녀의 얼굴이 좋지 않아졌다.

그러면서도 진자강은 식탁을 가득 채운 요리를 맛보기에 여념이 없었다. 혹시나 독이 들었을까 봐 마다하는 것도 없이 계속해서 요리를 먹었다.

흡사 걸신이라도 들린 듯했다.

아무리 청성산에서 제대로 된 식사를 못 했더라도 지나친 모습이었다.

덕분에 대화가 계속 끊기며 정적인 분위기가 계속되고 있었으나 진자강은 전혀 개의치 않았다.

중년 남녀의 표정은 점점 굳어져 갔다.

"아무래도 우리가 마음에 들지 않는가 보군?"

"그렇진 않습니다."

말투가 묘했다.

"말해 보게. 불편한 점이나…… 혹은 마음에 안 드는 점이 있다면……."

"아직 잘 모르겠습니다."

여전히 이상한 소리를 하는 진자강이다.

분위기가 이상해지자 부인이 애써 웃는 얼굴로 물었다.

"생시를 알려 주겠나? 혼사에도 필요하고, 또 재미 삼아 사주도 보고 말일세."

타악!

갑자기 진자강이 젓가락을 내려놓았다. 그 많은 요리를 전부 한 점씩 맛본 후였다.

중년 남녀의 얼굴이 붉으락푸르락해졌다. 더 이상 참지 못한 중년 남자가 호통을 쳤다.

"보자 보자 하니까 너무 하는 것 아닌가!"

진자강이 자리에서 일어섰다.

중년 남녀가 긴장하며 동시에 일어섰다. 드르륵, 의자가 밀리며 시끄러운 소리가 났다.

하나 진자강은 둘을 보고 있지 않았다. 들어온 출입구를 제외한 세 군데의 벽면을 차례로 쳐다보았다. 족자가 걸린 벽, 꽃병을 올린 협탁이 놓인 벽, 수묵화가 그려진 커다란 열 폭 병풍.

"자네 내 말을 듣고 있는 건가!"

중년 남자가 화를 냈다.

하지만 진자강은 중년 남자를 보지 않고 다른 쪽들을 둘러보며 말했다.

"마음에 안 드는 점을 말하라 하였지요."

"그, 그러네. 마음에 안 들면 말을 해야지. 사람이 이렇게 무례하게 행동하면……!"

"당가의 손님 대접이 마음에 안 듭니다."

진자강은 바로 돌아섰다.

그러곤 지체 없이 방을 나가려 했다.

하나 시중을 들던 두 여인이 어느새 문을 가로막고 있었다.

진자강은 목을 좌우로 꺾었다.

우득우득.

싸움도 마다하지 않겠다는 투지의 표현이었다.

그러자 그때.

"그만하면 됐다."

뒤에서 들려온 노인의 음성.

동시에 당하란의 부모라던 중년 남녀가 무릎을 꿇고 부복했다.

그리고 방문과 우측 벽을 제외한 두 군데의 벽이 열렸다.

드르륵, 드르르륵!

벽 전체가 미닫이였던 것이다.

우측의 벽 안쪽에 커다란 도좌방이 있어서 수많은 당가의 무사들이 서 있는 게 보였고, 진자강의 정면으로 병풍이 있던 벽 안쪽 방에서는 휘장이 처진 채 두 사람이 앉아서 차를 마시는 게 보였다.

사자 갈기처럼 삐죽삐죽한 거친 머리칼을 가진 백발의 노인과 승모를 쓴 고운 여승이었다.

여승이 찻잔을 내려놓고 웃었다.

"그것 보세요. 소승이 알아챌 거라고 했지요?"

여승의 목소리를 듣는데 진자강은 기분이 이상했다. 무슨 여승의 목소리가 이리도 간드러지게 넘어간단 말인가!

노인도 웃었다.

"신니의 말이 맞네. 우리 집 개가 오늘은 굶어야겠군."

"아무리 그래도 독룡이 최고급 철관음의 그윽한 난향도 모를까요."

"아냐. 저놈 철관음인지는 몰랐던 게 틀림없어. 저 나이에 차향을 알긴 어려운 노릇이거든."

"어쨌든 소승이 이겼답니다. 개에게는 다른 밥을 가져다주시지요."

"흥. 그래도 개밥으로 던져 줄 정도의 녀석은 아니었군."

둘의 거침없는 말투에 진자강은 눈을 찌푸렸다. 저것이 자기가 요리를 한 점씩 다 먹어 본 이유였다. 방 안에 난초가 없는데도 난초 향이 나서 혹시나 요리에 난향의 향신료가 쓰였나 먹어 본 것이다.

아니나 다를까.

난향은 역시 저 둘이 마시는 차에서 풍기는 향이었다.

하나 그것 말고도 진자강은 한 가지 더 의문이 있었다.

노인과 여승, 그 둘을 비롯해서 우측 벽에 있는 무사들까지 합하면 무려 서른 명가량이 진자강이 있는 방을 감싸고 있었던 것이다.

그것도 굉장히 지척에서.

그런데도 인기척을 전혀 느끼지 못했다.

이게 말이 되는 일인가?

진자강은 날카롭게 눈을 뜨고 미닫이로 된 문을 살폈다. 작고 새까만 것들이 미닫이문에 붙어서 움직이는 게 보였다.

'벌레?'

진자강은 성큼 걸어서 우측의 방 쪽으로 갔다.

그 돌발적인 행동에도 무사들은 미동도 않았다. 노인과 여승은 조용히 차만 따라 마시며 할 말을 할 뿐이었다.

"호기심이 많은 시주로군요?"

"그러니까 예까지 찾아왔겠지."

진자강은 미닫이문 하나를 닫았다. 그러곤 곁에 붙은 벽지를 잡아 뜯었다.

미닫이문의 안쪽에는 텅 빈 공간이 있어서 수천 마리의 작은 벌레들이 징그러울 정도로 우글거리고 있었다. 마치 벌집이라도 있는 듯했다.

'흡혈슬(吸血蝨)!'

흡혈슬은 이다. 흔히 머릿니라고 부르는 귀찮은 벌레. 거지들의 머리에 새하얀 점들이 앉아 있는 건 다름 아닌 이 머릿니의 알인 서캐다.

흡혈슬은 피를 한참 빨았는지 배가 통통하게 부풀어 있었다. 부푼 배가 점이 박힌 듯 새까맸다.

어쩐지 방에 들어올 때부터 뭔가 이상하다는 생각이 들더니, 그 이유 중의 하나가 이것인 모양이었다.

흡혈슬이 문마다 달라붙어 있어서 진자강의 감각을 훼방 놓았던 것이다.

'이런 방법으로 이목을 속일 줄이야.'

진자강은 감탄하며 왼손을 내밀었다. 흡혈슬이 우르르 진자강의 손가락을 타고 올랐다. 이미 배가 통통한 상태인 데도 흡혈슬들은 진자강의 새 피를 빨고 싶은지 핏줄을 찾아 분주히 기어 다녔다. 그러나 막상 물지는 않고 머뭇거렸다. 물지 말지 고민하는 투였다.

노인이 말했다.

"제아무리 미물이래도 독룡의 피는 빨고 싶지 않은 모양이로군."

여승이 픽 코웃음을 흘렸다.

"미물이라니요. 맹독을 가진 독물의 피를 먹여 키운 독혈슬(毒血蝨)이 어찌 미물입니까."

진자강이 말했다.

"배가 부른 것 같습니다만."

여승이 조심하라는 듯 진자강에게 말했다.

"독혈슬은 독물의 피만 소화시키고 독은 소화시키지 못한다오. 하여 피를 빨려고 물면 자연히 독을 옮기게 되지."

독혈슬을 바라보는 진자강의 표정에 노인이 아귀 같은 입을 옆으로 더 찢으며 웃었다.

"왜? 독혈슬을 한번 맛보고 싶으냐?"

진자강은 손을 타고 올라오는 독혈슬들을 보더니, 당청의 말에 대답했다

"사양하지 않겠습니다."

그러더니 팔에 있는 독혈슬들을 핥아서 입 안으로 흡입해 버렸다.

틱, 틱.

진자강이 이를 씹자 입 안에서 독혈슬들이 터지는 소리가 났다.

이로 씹어서 터뜨린다고 능사가 아니다. 독혈슬들은 발버둥을 치며 진자강의 입 안을 깨물었다.

진자강은 입 안이 찌릿거리며 순식간에 마비되는 것을 느꼈다. 물린 혀와 입천장이 금세 부풀면서 입 안이 가득 찼다.

인기척조차 내지 않고 인간답지 않게 서 있던 무사들마저도 흠칫거렸다. 저게 저렇게 입으로 씹을 독혈슬이 아닌 것이다.

하물며 제 입 안에 독물을 집어넣는 놈이 어디 있는가!

노인은 저게 무슨 짓인가 하며 어이없이 쳐다보았다.

"거참, 별 미친놈이 다 있구나."

여승은 '저런!' 하고 놀란 얼굴을 했다.

"많이 아플 텐데……."

진자강의 아래턱에 금세 이상이 생겼다. 볼거리를 앓는 것처럼 볼이 탱탱하게 부풀었다. 눈과 코에서는 피가 맺히고, 불은 혀 때문에 벌려진 입가엔 피고름이 맺혔다.

볼과 아래턱이 불어 늘어져 보기만 해도 끔찍한 얼굴이 되었다.

굉장한 맹독이었다.

만일 진자강이 아니라 보통 사람이 이 독혈슬에 물렸다면 전신에 피고름이 차서 죽었을 것이다.

하지만 진자강은 죽지 않고 버텼다.

그제야 노인이 진자강을 위아래로 훑어보았다.

"흐음. 그래도 독룡이라는 별호 값은 한다는 거냐? 나와 마주 볼 자격이 된다 시위하는 게지?"

"누군지 모르는 표정인 것 같군요."

여승이 노인을 가리켰다.

"이분은 염왕이시라네."

진자강은 노인, 당청을 쳐다보았다.

염왕 당청.

동그란 얼굴에 점을 찍은 것처럼 유독 작은 눈을 가졌는데 입은 귀밑까지 찢어져 있어서 기이하기 짝이 없었다. 마치 아귀(餓鬼) 같은 얼굴이었다.

물론 진자강은 당청에게 예를 갖추지 않았다. 당청도 그에 대해서는 굳이 언급하지 않았다.

진자강은 오른손에 침을 쥐었다. 독을 새끼손가락에 모아 언제든 침으로 발출할 수 있게 준비했다.

그러곤 휘장을 걷고 당청이 있는 방으로 들어가려 했다.

그러나 진자강은 더 이상 들어가지 못하고 멈췄다.

크지 않은 방.

다실(茶室)로 쓰는 작은 방이다. 대여섯 걸음이면 당청에게까지 갈 수 있다.

하지만 거실과 다실을 가르는 문지방을 넘어갈 수가 없었다.

온몸이 저릿거렸다.

넘어가는 순간 전신이 난자당해 죽을 것 같다는 느낌이 들었다.

이것은 또 무슨 이유인가?

앞의 둘은 전혀 기세를 내뿜지 않고 있는데 말이다. 누군가 한 명이라도 살기를 뿌렸다면 문짝에 붙은 독혈슬들이 먼저 달아났을 것이다.

하면…….

진자강은 두 사람을 천천히 살폈다.

그리고 의외로 염왕 당청이 아니라 여승 쪽에게서 그 이유를 찾았다. 자신이 방 안으로 함부로 들어갈 수 없는 이유를.

여승은 분명히 아무렇게나 앉아서 자신을 돌아보는 듯했는데, 자꾸만 자세가 눈에 밟혔다.

손끝과 코끝, 그리고 진자강을 향하고 있는 기묘한 발끝.

그것들이 마치 칼날처럼 느껴졌다.

참으로 묘했다. 진자강이 한 발이라도 더 움직여 들어가면 저 칼들이 자신을 향해 바로 찔러 들어올 것 같은 기분이 들었던 것이다.

여승은 결코 당청의 아래처럼 느껴지지 않았다. 단순히 자세만으로 진자강을 멈추게 만든 건 이 여승이 처음이었다.

진자강이 들어가지 못하고 멈칫한 걸 보더니 당청이 말했다.

"저놈이 많이 놀란 모양이야."

"아직 많이 배울 나이잖아요."

당청은 진자강을 돌아보지도 않고 조소했다.

"운남 촌뜨기가 삼첨상조(三尖相照)를 본다고 알겠나?"

"하지만 느낀 건 확실하답니다. 정확히 경선(經線)을 읽고 있어요. 아마 본인이 들어오는 순간 베일 거란 걸 안 것 같아요."

여승은 진자강이 느낀 걸 정확하게 짚었다.

분하지만, 억울하지만 상대가 아니다.

저 둘은 자신을 완전히 어린애 보듯 하고 있는 것이다.

여승이 진자강을 보고 말했다.

"삼첨이란 손과 코, 발의 끝이 치우치지 않고 일직선이 됨을 말한다네."

진자강은 아직 말을 하지 못하였으므로 고개만 끄덕였다.

진자강은 여승을 가만히 쳐다보았다. 당청이 소개했다.

"이놈 어지간한 촌뜨기가 아니로군. 아미파의 장문인 인은 사태도 몰라보다니."

아미파의 장문!

인은 사태가 장문이 된 것은 수년밖에 되지 않았으므로 갱도에 갇혀 있던 진자강은 알 리가 없었다. 그러나 강호의 십대 문파 중 하나이자 소림사와 어깨를 나란히 하고 있는 불문의 종파 아미파를 모르지는 않았다.

그런데 어찌 아미파의 장문에게서 자비와 현기가 아닌 속세의 간사함이 느껴지는가?

진자강은 당황스럽기까지 했다.

인은 사태가 손뼉을 치며 당청에게 말했다.

"아! 그러고 보니 복천 도장은 어쩌지요? 당 소저의 혼사를 주관해 주겠다고 약속한 것으로 압니다만."

진자강의 귀가 번쩍 뜨였다.

이건 또 무슨 소리인지?

당청은 별 대단할 것 없다는 듯 말했다.

"그깟 혼사야 누가 주관하든 무슨 상관인가. 뭐만 시키면 지루하게 읊어 대는 도사들은 귀찮기만 하지. 우리는 상관없는데 아미파는 어떠신가?"

"소승은 이미 얼마 전에 무암 존사를 만나 뵈었습니다."

"호오, 그래? 무슨 일로 만났는지 물어도 되겠는가?"

인은 사태가 눈을 가늘게 떠서 웃으며 대답했다.

"일전에 소승이 아끼는 우리 정요 사질이 청성파의 복천 도장께 참을 수 없는 수모를 당하였지요. 정요 사질이 며칠 밤을 속앓이하며 괴로워하는 모습을 보고 소승은 너무 마음이 아팠습니다. 하여 무암 존사께 복천 도장의 사과를 받아 주십사 찾아뵈었지요."

"그 꼬장꼬장하고 우둔한 도사들이 받아 줄 리 없었을 것인데?"

"아무래도 사과를 받기는 어렵겠더군요. 그저 한 말씀만 드리고 나왔지요."

"흥. 신니의 한마디가 평범한 한마디는 아니었겠지."

인은 사태는 눈웃음을 쳤다.

"아닙니다. 세상이 바뀌었으니 청성파도 태도를 바꾸시라 간언(諫言)을 올렸을 뿐입니다."

언뜻 두 사람의 대화를 듣기에는 지나가다가 근황에 대해서나 얘기를 주고받는 듯하다.

한데 말을 되새겨 보면 묘하게도 소름이 끼친다.

천하의 청성파 장문에게 세상이 바뀌었으니 태도를 바꾸라고 대놓고 말을 한다? 그것은 단순한 간언이 아닌 협박에 가까운 것이다!

아미파가 청성파를 협박하다니?

그러나 더 놀라운 말은 직후에 나왔다.

"물론 그 말도 들을 리 없겠지. 그러다가 망해 봐야 그때 신니의 그 조언을 들을 걸, 하고 후회할 게야."

"언제 망하게 하시렵니까?"

"조만간? 망료란 놈이 꿍꿍이가 있는 모양이니 어떻게든 되겠지."

"그때는 저희도 한 손 거들겠습니다. 물론 저희는 사과를 받으러 가는 것이옵니다."

또다시 망료의 이름이 여기에서 나올 줄 몰랐다.

진자강은 등줄기가 서늘해졌다.

저 두 사람은 청성파를 치겠다는 모의를 하고 있는 것이다! 망료의 계획에 따라서!

한데 그러한 얘기를 왜 진자강을 앞에 두고 한단 말인가?

진자강은 돌아가는 사정을 전혀 알 수 없어서 현기증이 날 지경이었다.

어찌해야 할지 쉬이 선택할 수 없었다.

둘을 공격할 수도, 저들의 말을 그대로 흘려 넘길 수도, 그렇다고 저들의 말만 믿고 청성파로 돌아가 경고를 하기에도 어려운 상황이었다.

이것은 사실 무지한 탓이다.

진자강이 강호 정세에 어둡기 때문에 저들의 말과 의도를 정확히 해석할 수가 없는 것이다.

당청이 혀를 찼다.

"쯧, 요즘 애들은 패기가 없어. 이 정도 얘기했으면 우리 때는 떡 와서 앉아 가지고 자기도 차 한 잔 달라. 나도 한자리 끼워 달라 하고 생떼를 부렸을 터인데."

"그야 그릇의 문제 아니겠습니까. 독룡의 그릇이 거기까지인 거겠지요."

진자강은 그들이 자신을 시험하고 있다는 걸 알았다.

그리고 청성파를 치겠다는 것도 거짓말이 아님을.

하나 진자강은 독문이 약문을 친 이유를 안다. 그렇다면 이들이 청성파를 치려는 이유는 간단하다. 청성파가 방해할 것임에 분명하기 때문이다.

진자강은 부푼 혀와 입 안을 일부러 깨물었다. 피가 배어 나오며 붓기가 가라앉았다.

"퉤."

진자강은 한 모금의 피를 뱉고 아래턱을 좌우로 움직이며 손으로 매만졌다.

그러곤 당청에게 물었다.

"강호를 뒤엎기 전에 걸림돌부터 처리하겠다는 겁니까?"

그 말에 당청의 눈빛이 방금과는 조금 달라졌다.

"오호라. 아주 쓰레기는 아니었군. 머리가 명석해."

진자강은 인은 사태에게도 물었다.

"하지만 독문도 아닌 아미파가 청성파를 치겠다는 이유는 뭡니까. 정말로 사과를 받겠다는 이유 때문입니까?"

"꼭 그렇다기보다는……."

그때까지 계속해서 웃고 있던 인은 사태의 얼굴이 갑자기 굳었다.

"쓸모가 없으니까. 아, 무, 짝, 에, 도."

입은 미소를 띠었고 가느다란 눈은 웃고 있는데 눈빛은 지독한 혐오감을 담고 있었다.

진자강의 표정도 따라 굳었다.

인은 사태가 지금까지와는 달리 싸늘한 목소리로 말했다.

"혼자만 고고하다고 세상을 바꿀 수 있을까? 세상이 진흙탕이 되어 더러워졌다면 스스로 진흙탕에 뛰어들어 중생을 구제하는 것이 수행자의 도리라네. 불문이든 도문이든, 혼자서만 백학이 된다 한들 부처가 되고 신선이 된다 한들, 중생이 고통받고 있다면 그것은 결코 구도(求道)의 도리가 아닐세."

진자강이 대꾸를 하기도 전에 인은 사태가 말을 잘랐다.

"그건 시주도 마찬가질세. 그대가 스스로 정의롭다 한들 혼자서 무얼 할 수 있지?"

진자강은 입을 다물었다.

그것은 할 말이 없어서가 아니었다. 조용한 가운데에 부스럭대며 들려온 소리를 들은 때문이었다.

당청이 말했다.

"뭐, 왔나 보군. 자, 바쁜 사람들끼리 더 시간을 지체할 필요 없겠지. 슬슬 본론으로 들어가 볼까."

당청이 손을 들자 막혀 있던 남은 벽 하나가 마지막으로 열렸다.

그곳엔 당하란이 앉아 있었다.

혼례복 차림이었다.

화려한 봉관을 쓰고 금실로 수놓아진 적색의 하피를 입은.

진자강은 그것이 무슨 의미인 줄 몰라 당청과 당하란을 번갈아 쳐다보았다.

당청이 말했다.

"솔직히 나는 네가 마음에 들지 않아. 네놈 역시 하란이와 혼사를 치르려고 온 게 아니지. 혼인을 하겠다는 놈이 그런 눈을 하고 있진 않을 테니까."

어차피 부인해 봐야 소용없다. 진자강은 수긍의 의미로 고개를 끄덕였다.

"하지만 일단은 사윗감으로 강력하게 추천을 받은 데다, 네놈의 배짱에 감탄해서 최대한 좋은 쪽으로 고려해 보려고 생각 중이야. 그래서 네게 세 가지 중에 하나를 선택할 수 있는 기회를 주지."

당청이 출입문을 가리켰다.

"하나는 이대로 방을 나가서 청성파로 돌아가는 것이다. 아무도 너를 막지 않을 게야. 너는 청성파에 가서 곧 청성파가 망할 거라는 정보를 알려 주고, 거기에서 의리 있게 함께 죽는 거다."

당청이 진자강을 보며 진자강의 눈빛을 읽었다.

"내키지 않지? 청성파와 그럴 만한 의리가 없으니까. 그럼 두 번째."

당청이 당하란을 가리켰다.

"두 번째는 당연히 하란이를 데려가는 것이야. 당씨 성을 하사받고 당씨로서 가문에 충성을 맹세하며 살아가라. 네가 과거를 잊고 새 삶을 시작하겠다고 한다면 모든 뒷감당과 책임은 가문이 진다."

진자강은 묵묵히 들었으나, 당가에 충성을 한다는 얘기에 저도 모르게 분노를 품었다.

당청은 그럴 줄 알았다는 듯 말했다.

"어렵겠지? 원수의 가문에 충성한다는 것이? 네 감정을 충분히 이해한다. 각자에겐 각자의 사정이 있는 법이지. 그래서 네게 세 번째의 선택지로 선물을 준다."

당청이 진자강의 앞에 한 뼘 길이의 작은 단도 한 자루를 던졌다.

단도는 소리도 없이 정확하게 진자강의 앞에 떨어졌다.

"이 자리에서 거세해라."

진자강이 당청을 빤히 쳐다보았다.

당청이 가뜩이나 귀밑까지 찢어진 입꼬리 끝을 올려 웃었다.

"여기서 스스로 거세를 한다면, 네게 본 가의 팔대 극독, 아니 팔대 극독을 넘어서는 삼대 절명독과 암기, 그리고 명실공히 본 가의 직계에게만 전수하는 최고의 무공을 주겠다. 그리고 곱게 돌려보내 주마. 그러면 네놈은 그것을 발판 삼아 언젠가 이 몸을 죽이러 올 수 있을 것이야."

당청의 웃음이 진해졌다.

"어떠냐, 이 제안이? 세 번째가 가장 마음에 들지? 네게
는 가장 구미가 당기는 제안일 것이야! 네놈의 남성을 거세
하는 것만으로 이 자리에서 누구나 꿈꾸는 독과 암기, 무공
을 가지고 내 목을 언제든 따러 올 수 있느니라! 이 제안은
절대 거부할 수 없겠지! 이히히히! 이히히— 히잇!"

진자강은 진지하게 세 번째 제안까지도 마음에 두었다.

그러나 첫 번째도, 두 번째도 모두 거절하기 어려운 부분
이었다.

무엇보다 당청이 약속을 지킬까가 의심스러웠다.

당청은 진자강의 의심을 알고 있었다.

"저놈 보게? 이놈아, 내가 염왕이야 염왕. 사람 목숨을
두고 장난하는 사람으로 보여?"

진자강은 그 말에 서슴지 않고 단도를 들려 하자, 당하란
이 놀라서 외쳤다.

"당씨무공부전 외성제자(唐氏武功不傳 外姓弟子)!"

당씨의 무공은 당씨가 아닌 자에게 전하지 않는다는 뜻
이다.

진자강이 당하란을 쳐다보자, 당하란이 굳은 얼굴로 말
했다.

"당씨가규(唐氏家規)야. 우리 가문에는 문중오규(門中五規)와 당씨가규가 있어. 당씨가규에 따라 설사 가주라고 할지라도 가문의 법규를 어길 수 없어."

당하란이 조금씩 질려 가는 얼굴로 말을 이었다.

"법규를 어긴 자는 위자축출가문(違者逐出家門). 백 일 내에 스스로 해결하지 못하면 가문에서 쫓겨나게 돼."

"그 의미는……."

"당신은 할아버지가 말한 모든 걸 갖게 되겠지만, 백 일 내에 할아버지의 손에 죽게 될 거야. 우리 당가가 원한을 진 상대에게 반드시 복수하는 이유가 바로 그 가규 때문이야."

진자강은 당청을 쳐다보았다. 당청은 자신의 속마음을 들킨 것일 텐데도 평온한 얼굴이었다.

"그렇습니까?"

"왜? 네놈도 저리 생각하느냐?"

아귀 같은 당청의 얼굴에서 웃음기가 생겨났다.

"어째서 무공을 내 손으로 넘겨줄 거라 생각하지?"

옆에서 인은 사태가 한숨을 내쉬었다.

"나무아미타불, 안타깝게도."

당청의 찢어지는 웃음기와 시선이 묘하게도 당하란을 향하고 있었다.

당하란은 섬뜩한 표정으로 당청을 쳐다보았다.

"할아버지, 설마……."

"당씨 가문에 혼담을 건넸다가 거절당한 녀석은 필요가 없다. 가문의 수치지."

당청은 자신이 아니라 당하란으로 하여금 진자강에게 무공을 넘기게 할 셈인 것이다.

그의 말이 진심이든 아니든 진자강으로서는 압박을 받을 수밖에 없었다.

당가에 충성을 할 수도, 그렇다고 당하란을 죽게 하는 것도 내키지 않았다.

아니, 사실 어떤 선택지든 자신이 아니라 남의 손에 자신의 운명을 맡겨야 한다는 것이 마음에 들지 않았다.

"내 대답은……."

진자강은 단도를 들었다.

그리고 자신이 할 수 있는 최대의 속도로 광혈천공을 일으키고 옥허구광 오뢰합마공으로 두 개의 둑을 터뜨리며 비선십이지로 단도를 날렸다.

번쩍!

겨우 단 한 번의 호선.

진자강은 일전에 당하란이 보여 준 섬절의 묘를 생각하고 최대로 변화를 줄여 보았다. 변화에 쓰일 내공을 속도에 심었다.

찰나지간에 뿜어낸 한 수라 내공을 모을 시간은 다소 부족했으나, 지금의 비선십이지는 진자강이 이제껏 사용한 중 가장 빠른 한 수였다.

당청은 작은 눈을 부릅떴다.

"흐흐흐, 그게 네 대답이냐?"

옆에서 흰색 승복의 소맷자락이 뻗어 나왔다. 진자강이 온 힘을 다해 날린 단도는 승복의 소맷자락으로, 소맷자락의 하얀 손가락 사이로 빨려 들어갔다.

단도가 하얀 손가락의 사이에서 빙글 돌았다. 그러더니 놀랍게도 그 끝이 당청을 향하는 게 아닌가!

그것도 당청의 목덜미 앞에!

인은 사태가 단도의 끝을 당청의 목에 대고 있자 당청도 그럴 줄은 몰랐던지 조금은 놀란 듯했다.

"흠?"

인은 사태는 고수다. 제아무리 염왕 당청이라 할지라도 목에 날이 시퍼런 단도가 와 있으면 어쩔 수 없는 일이다.

이 같은 상황에 모두가 놀랐다. 방에 있던 무사들이 금방이라도 뛰어들 듯 내공을 끌어 올리고, 당하란조차 자리에서 일어섰다.

인은 사태가 진자강을 보고 말했다.

"시주는 섣불리 대답을 결정하지 말고 내 얘기를 들어

보겠는가? 이런 건 어때. 이를테면 아까의 제안에 한 가지를 더해서, 염왕의 목이라는 선택을 하나 더 두는 거지."

진자강은 금세 진정하고 되물었다.

"정말로 염왕의 목을 칠 거였으면 굳이 내게 물어볼 필요가 없지 않습니까?"

인은 사태는 상황을 이상하게 만들었음에도 전혀 표정이 바뀐 게 없었다.

"아까 말하지 아니하였나? 우리 정요 사질이 모욕을 당하였다고. 모욕을 한 자들 중에는 당가란 소저도 포함되어 있었지. 우리 아미 역시 원한을 잊지 않는 것은 당가 사람들 못지않다네."

"그럼 책임을 당 소저에게 직접 물어야 하는 것 아닙니까?"

"자고로 아랫사람의 버릇없음은 윗사람의 책임이라네. 어때요, 제 말이 틀렸습니까?"

뒷말은 당청에게 묻는 것이었다.

당청은 코웃음을 치며 대답했다.

"흥, 틀리진 않군. 자식 놈이 잘못하면 교육을 못 한 부모를 족쳐야지. 그게 맞지."

"들은 바대로."

인은 사태가 고혹적인 미소를 머금고 진자강에게 물었다.

"어떤가? 자네가 염왕의 목을 원한다면 이 몸이 등활지옥(等活地獄)에 떨어진다 하더라도 아미파의 모든 것을 걸고, 이 자리에서 염왕의 목을 치겠네."

쭈뼛!

진자강은 머리털이 바싹 섰다. 방 안에 살기가 몰아쳤다. 반은 인은 사태에게서 뿜어나는 것이며 다른 반은 옆방의 무사들이 내뿜는 살기다.

소식이 전해졌는지 전각 밖에서도 사람들이 몰려드는 소리가 들려왔다.

사전에 계획한 행동이 아니라는 뜻이다.

하나 진자강은 신중하게 생각했다. 아무런 이유 없는 선의는 없다. 특히나 아미파가 당가와 전면적인 싸움을 벌이면서까지 생면부지의 진자강을 도울 이유가 없다.

"왜입니까?"

"구도를 위해서지."

인은 사태는 미소를 지우고 말했다.

"대신에 내 질문에 답해야 하네. 대답할 수 있다면 염왕의 목은 자네 것일세."

진자강이 대답을 않자 인은 사태가 재촉했다.

"빨리 결정하는 게 좋을걸세. 염왕은 그리 오래 기다리는 성격이 아니시라서."

그 말에 인은 사태를 자세히 보니 소매가 계속해서 떨리고 있다.

염왕의 목에 닿을 듯 말 듯 대고 있는 단도의 끝도 미세하게 떨리고 있었다. 닿지도 않았는데 간혹 불꽃이 튀며 단도의 끝이 뭔가에 갈리고 있는 듯 보인다.

그르륵, 그륵.

돌이 갈리는 듯한 소리가 들린다.

당청의 내공이 단도를 밀어내려 하고 인은 사태는 버틴다. 그에 따라서 인은 사태의 손이 떨리고 있는 것이다.

당청이 웃었다.

"맞아. 나는 바쁜 사람이지. 대답을 듣는 데 오래 걸리는 걸 싫어해."

진자강이 고개를 끄덕였다. 인은 사태가 질문했다.

"첫째, 당가가 무너지면 서장 마교는 누가 막지?"

진자강은 대답하지 못했다. 전혀 생각하지 못한 질문이었던 탓이다.

그러나 틀린 말은 아니다. 사천은 서장과 맞붙어 있다. 마교가 발호한다면 최초로 맞붙는 쪽은 사천이 된다.

하지만 무림총연맹에서 몇 번이고 서장 마교를 토벌하려 하였으나 그때마다 막은 것은 오히려 사천 무림이었다.

마교가 너무 강대해지면 공격하여 그 힘을 줄여 놓는다

하더라도 발본색원하여 씨를 말리지는 않는다.

그것이 강호에서 사천 무림의 존재감을 높이고 스스로 긴장하여 강해지는 길, 즉 사천 무림이 강호에서 생존하는 방식이었던 것이다.

진자강은 인은 사태의 질문에서 방금 그것을 깨달았다.

"둘째, 북천(北天) 사파는 누가 견제하지?"

사파는 크게 단령경이 이끄는 산동 사파와 정파에 밀려 오래전 북쪽으로 쫓겨난 북방 사파로 나뉘어 있다.

하나 북방은 너무 기후가 험하고 추워서 정파도 더 이상 그들을 뒤쫓지 않았고, 북방도 역시 아래로 내려오지 않았다.

추운 기후의 특성상 북쪽에서는 독이 잘 듣지 않는데, 이 때문에 오히려 역설적으로 북천의 무인들은 독에 약한 체질이 되었다. 당가의 존재만으로 북천이 강호에 내려올 수 없는 이유다.

"마지막으로 셋째."

인은 사태가 잠시 뜸을 들였다가 물었다.

"염왕의 목을 베면 무림총연맹은 누가 견제하지?"

마지막의 질문은 진자강의 생각보다 훨씬 더 뜻밖이었다.

무림총연맹에 가입한 당가가 어째서 무림총연맹을 견제 해야 하는가?

그것에 대해서만큼은 진자강도 어렴풋이 알 수 있을 것 같았다.

편복이 말해 준 적이 있었다.

맹주 해월 진인. 그로 인해 무림이 변했다고.

그러니까 어쩌면 인은 사태가 말하고자 한 것은 무림총연맹 자체라기보다는 해월 진인을 말하려 한 것일 수도 있었다.

그러나 물론 진자강은 셋 중에 어떤 질문에도 명확하게 답하지 못하였다.

대신 물었다.

"복수하기 위해서 그런 이유까지 알아야 합니까?"

"있지."

인은 사태는 조금씩 단도 끝이 밀리는 걸 확인하고는 진자강을 돌아보았다.

"시주가 복수하고자 하는 대상이 개인인가, 집단인가. 이도 저도 아니면 제도(制度)인가."

명령을 한 자에게는 죄가 있다, 그러나 명령을 따른 자에게는 어떠한 죄가 있는가.

죄가 있다면 얼마만큼의 벌을 받아야 하는가.

당가는 독문의 수장 문파로서 당청 이하의 식솔과 제자들이 모두 합심하여 약문을 공격하는 데에 일조했다.

그렇다면 당청만 죽이는 것으로 끝나야 하는가, 아니면 모든 자를 다 죽여야 하는가.

진자강은 이제껏 운남 독문의 문파와 백리중에게 복수하는 것을 목표로 살아왔다. 하나 이제 그 대상이 당가에까지 확대되어야 한다면 진자강의 복수는 어디에서 끝나야 하는가를 스스로 규정할 필요가 있는 것이다.

진자강은 왜 인은 사태가 '제도'라는 말을 꺼내었는지 이해가 되었다.

왜 서장 마교와 북천 사파와 무림총연맹을 거론하였는지 깨달았다.

청성파의 복천 도장 말대로 복수라는 대의 아래 마구잡이로 사람을 죽이는 것은 살인귀의 행동일 뿐이다. 정파에게는 정파의 방식이 있다고 했다.

사람을 많이 죽인다 해도 장소가 전장이라면 영웅으로 불리는 것과 마찬가지다.

복천 도장이나 인은 사태나 진자강에게 같은 말을 하고 있었다.

복수의 기준, 살인마가 되지 않고 어느 순간 멈추기 위해서 스스로의 한계를 어디에 둘 것인가.

"하여……."

잠시 생각하던 진자강이 반대로 되물었다.

"아미파는 강호 무림을 손에 넣으려는 독문의 의지에 동참하는 겁니까?"

"중요한 것은 무림을 손에 넣는 것이 아니라 시대의 사명이라네. 시대가 요구하면 따를 수밖에 없다. 그것이 시대를 움직이는 자들의 숙명이지."

시대를 움직이는 자들!

광오하기까지 한 말이었다. 그러나 십대 문파의 장문인이라면 능히 하고도 남을 만한 자격이 있었다.

그 말에 진자강은 잠시 눈을 감았다가 떴다.

스스로도 마음이 점점 정리되어 가는 듯했다.

"고언(苦言)은 감사히 들었습니다. 하나 나는 당신들의 방식이 마음에 들지 않습니다."

"당신들?"

당청의 눈썹이 꿈틀거렸다.

진자강은 신경 쓰지 않고 말했다.

"정의에는 정의에 걸맞은 방식이 필요하다고 생각합니다. 시대가 요구한다는 미명하에 누구도 함부로 사람을 죽이고 더러운 수작질을 부려선 안 됩니다. 정의는 느리고 어려울지언정 반드시 정도의 방법을 따라야 합니다."

"그래서?"

당청이 마음에 들지 않는다는 투로 인상을 썼다.

"네가 그 정의로운 협행을 하겠다는 것이냐? 그 알량한 협의와 판단력으로?"

진자강이 웃었다.

"아뇨."

"근데 웃어?"

당청은 점점 얼굴이 일그러졌다.

그러나 진자강은 아랑곳하지 않고 살기를 드러내며 말했다.

"그걸 못해서 그냥 다 죽일 겁니다. 뒷일 따위 내가 알 게 뭡니까. 특히나 당신은 그 전에 죽을 테니까 남은 자들을 걱정할 필요가 없습니다."

"이 새끼가……."

당청도 살기를 띠고 작은 눈을 부릅뜨며 웃었다.

"이히히히! 이히히— 힛! 이 새끼 마음에 들어! 아주 마음에 들어! 이히히히!"

진자강도 오싹할 정도로 살기를 뿌려 내며 송곳니를 드러내고 웃었다.

"재밌었다니 다행입니다."

살기만으로는 당청에 뒤지지 않아서 방 안은 온통 살기로 가득해졌다.

무사들이 움찔거리며 몸을 움츠리고 당하란은 하얗게 얼굴이 질렸다.

그러나 당청은 신나게 웃었다.

"이히히히! 이— 히히히히!"

당청이 마구 웃는 바람에 목젖이 인은 사태가 든 단도에 찔렸다.

실 같은 피가 흘렀다.

그럼에도 당청은 웃기를 멈추지 않았다.

"이히히! 이— 히히히! 미친놈. 이히히히!"

진자강도 못지않았다.

"미친놈 맛 좀 보시겠습니까?"

"이히히히! 히히히!"

인은 사태가 한숨을 쉬며 단도를 거두었다.

"아아, 늙으나 젊으나 남자들이란."

옆 벽의 무사들이 뛰쳐나와 진자강을 둘러싸려 했다.

"지금 그놈 건드리는 놈들은 다 죽는다."

당청이 내뱉은 경고였다.

무사들은 당청의 살기에 화들짝 놀라 멀찍이 물러섰다.

당청이 자리에서 일어났다.

당청의 체구는 작았다. 키가 진자강의 어깨에나 올까 한 정도였다.

그러나 그 작은 거인이 몸을 일으킨 순간 진자강은 거대한 벽이 일어선 듯한 착각을 느꼈다.

당청이 휘장을 사이에 두고 진자강과 마주 섰다.

진자강과 당청간의 거리는 겨우 세 걸음 정도.

당청이 양팔을 벌렸다.

"미친 세상에 태어난 걸 환영한다."

진자강은 온 신경을 집중해 내공을 끌어 올렸다.

"그런 세상에서 날 만난 걸 후회하게 될 겁니다."

"이히히히! 히히히히!"

당청의 머리카락이 곤두섰다. 당청은 삐죽삐죽 솟은 자신의 두발에서 머리카락 하나를 뽑았다. 두 뼘이 넘는 길이의 긴 머리카락.

그것이 당청의 손에 들리자마자 바늘처럼 빳빳하게 섰다.

"이 머리카락 한 올로 네놈에게 지옥불 구경을 시켜 주마."

"아쉽게도 지옥이라면 이골이 났습니다만!"

진자강은 옥허구광 오뢰합마공의 구결대로 내공을 그 어느 때보다 맹렬하게 순환시켰다.

위이이잉!

순식간에 기혈에 부담이 가중되어 툭툭 파열을 일으키기 시작했다.

투툭, 투툭!

진자강의 우반신에서 실핏줄이 터져 피가 튀기 시작했다. 극대로 내공을 순환시키고 있는 탓에 진자강은 목까지

압력이 올라와 말도 제대로 하기 힘들 지경이 되었다.

진자강은 양손의 손가락 사이에 독침을 끼우고 언제든 발출할 준비를 했다.

살기 때문에 펄럭이는 휘장이 눈에 거슬린다. 그러나 그건 당청도 마찬가지일 것이다.

진자강은 당청의 눈빛을 마주하며 어떤 식으로 당청을 공격할 것인지 빠르게 생각했다.

조금 전 당청이 호신기공으로 단도를 밀어내는 건 보았다. 그러나 의식을 집중하지 않으면 호신기공을 제대로 제어하지 못하는 건 확실하다. 웃다가 목을 찔려서 피를 흘렸으니까.

비선십이지로 독침 네 자루를 날리되 마사불 묘월을 상대할 때처럼 각각의 속도를 다르게 날려 당청의 정신을 분산시키도록 한다.

다만 거리가 너무 가까워서 호선의 변화는 거의 없을 것이다.

첫 목표는 당청의 얼굴, 눈이다. 눈을 공격당하면 대부분의 사람은 공포를 느끼고 피하게 된다. 그사이에 맞추기 쉽지만 방어하긴 어려운 몸통으로 두 자루를 날리고, 다른 한자루는 전혀 예상치 못한 발등 쪽으로 날린다.

직후에 발을 피한다면 자세가 흐트러질 테고, 그러면 휘장을 걷으면서 달려들…….

그런데 진자강의 심상에 갑자기 당청이 개입했다.

'아닛!'

휘장 너머 당청의 몸이 흐릿해지면서 진자강의 심상에 대응하기 시작한 것이다.

당청이 살기를 진자강의 우측 어깨 한 점에 집중해서 쏘았다. 살기에 맞서느라 비선십이지에 실린 내공이 부족해졌다. 이곳에 오기 전 묘월에게 입은 손가락의 상처가 욱씬거렸다.

섬세하게 조정해야 할 내공이 흔들렸다. 오른손보다 왼손으로 던진 침이 먼저 날아갔다. 침의 순서가 뒤죽박죽이 되어 버렸다.

휘장 뒤 당청의 인영(人影)이 발을 슬쩍 옮겨서 발등으로 날아든 침을 피하고, 장침처럼 뻣뻣해진 머리카락을 움직여 몸통으로 날아든 침을 툭툭 쳐 버렸다.

그러곤 마지막으로 손을 들어 눈으로 날아든 침 끝을 뻣뻣해진 머리카락의 끝으로 막았다. 마주친 침과 머리카락이 정확히 일직선이 되며 멈췄다.

당청이 진자강을 노려보며 웃었다.

"이히히히!"

진자강은 놀라서 심상에서 깨어났다.

당청은 아까 그 자리에 그대로 있었고, 진자강 역시 마찬가지였다. 침도 여전히 손안에 쥐고 있었다. 아무것도 변한 게 없었다.

그런데도 내공의 소모가 있었다. 누군가 덜어 낸 것처럼 내공이 반이나 사라져 있었다.

당청이 손가락을 까딱거렸다.

진자강은 이를 갈았다.

으드득.

실제로 맞서 싸운 것도 아니고 심상에서 패배할 줄이야!

진자강은 다시금 집중했다.

기습적으로 오른발에 내공을 집중해 문지방을 걷어찼다. 문지방이 뜯겨 나가며 나무 문틀의 파편들이 날카로운 암기가 되어 당청에게 날아갔다. 진자강은 휘장을 뚫고 당청에게 달려들었다.

진자강은 양손을 허리 뒤로 돌려 낫을 뽑아내고 즉시 휘둘렀다.

당청이 허리를 뒤로 젖혀 횡으로 베어 온 낫을 피했다.

진자강은 몸을 돌리면서 다섯 번이나 횡으로 원을 그렸다. 당청은 허리만 움직여 날아오는 궤도를 모두 피했다.

진자강은 몸을 돌리길 멈추고 연속으로 머리를 찍었다.

당청이 요리조리 머리를 좌우로 움직이며 피했다.

진자강은 정신없이 당청을 몰아쳤다. 극도의 살기가 낫에 실렸다.

하지만 진자강이 거의 이십 초 이상을 퍼부었으나 당청의 털끝도 건드리지 못했다.

진자강은 낫을 교묘하게 던져 당청이 달아나지 못하게 하곤 금나수로 돌입했다. 최근 금나수법을 익혀서 어느 정도 자신감이 있었다. 첨련점수의 첫 단계로 당청의 손에 자신의 손을 접촉하려 했다. 그러나 당청이 손을 빼고 마주해 주지 않았다.

진자강이 싸움을 거는 걸 알고 아예 대응해 주지 않은 것이다.

진자강은 갈퀴처럼 손가락을 구부려 당청의 목줄기를 붙들려 했다.

갑자기 중지 끝에 불이 난 듯 뜨거워졌다. 당청이 빳빳하게 선 머리카락으로 진자강의 손톱 아래를 찌른 것이다. 두 뼘 길이의 머리카락 중에 두 치나 파고들었다.

'크윽!'

오른팔 전체에 불이 붙었다. 벼락을 맞아 순식간에 타 버린 듯 고통이 왔다.

왼팔을 뻗어 머리카락을 찌르고 있는 손을 낚아채려 했다. 당청이 바로 뽑아서 진자강의 왼손을 찔렀다. 이번엔 진자강의 약지, 깨진 손톱의 상처를 후벼 팠다. 엄청난 격통과 함께 왼팔이 마비됐다. 온몸이 찌릿거리고 눈이 뒤집힐 것 같았다.

진자강이 다시 주먹을 쥐어 당청의 얼굴을 후려쳤다. 이번엔 검지와 중지의 주먹 뼈 사이에 머리카락이 틀어박혔다.

'으아아악!'

진자강은 양팔이 마비되어 쓸 수 없게 되자 이를 악물고 비명을 잇새로 내뱉으며 이마로 당청의 정수리를 내려찍었다. 당청이 손가락으로 진자강의 이마를 눌러 머리로 받지 못하게 했다.

'다 했느냐?'

당청은 뚱한 듯한 표정으로 진자강을 쳐다보았다. 진자강이 어금니를 깨물며 재차 내공을 끌어 올리려는 찰나, 당청이 손을 뻗었다.

진자강의 양팔을 마비시킨 머리카락이 진자강의 이마를 향해 날아왔다. 진자강은 뒤로 물러났지만 머리카락은 점점 더 길어졌다.

양팔을 쓸 수 없어 허리를 옆으로 틀어 피하려 하자 당청이 진자강의 발을 밟았다.

발등이 으스러졌다.

진자강은 다른 발로 당청의 고간을 걷어 올렸다.

당청의 다리 사이에 진자강의 무릎이 정확히 맞았다.

당청은 무표정했다. 남자들의 약점인 고환을 직격으로 맞은 걸 텐데도 아무렇지 않아 보인다.

진자강은 뭔가 잘못됐다는 걸 깨달았다. 고환을 때린 감각이 느껴지지 않았다. 이것은 심상이기 때문에 벌어진 일이 아니다. 당청이 고환을 몸 안으로 감춘 것이다.

고수들은 약점이 되는 조문을 숨긴다더니 당청도 예외가 아니었던가!

'쯧.'

당청은 그대로 진자강의 미간 사이에 머리카락을 찔러 넣었다.

미간의 한 점에서부터 수백, 수천 개의 침이 기혈을 타고 전신으로 퍼지는 것 같은 고통이 찾아왔다.

"으아아아악!"

고통에 익숙한 진자강도 이 처음 당하는 고통은 참을 수 없었다.

진자강은 털썩 무릎을 꿇었다.

"헉…… 헉…… 헉!"

무슨 일이 벌어진 거지?

양팔은 마비되어 있고 통증도 그대로다.

진자강은 무릎을 꿇은 채 앞을 보았다. 휘장이 온통 갈기갈기 찢겨져 있었다.

분명히 심상에서의 싸움이었을 텐데?

심지어 낫도 뽑지 않고 허리 뒤춤에 꽂은 그대로다.

당청 역시 찢어진 휘장 뒤에 서 있을 뿐.

당청이 너덜거려서 거추장스러운 휘장을 걷어치우고 진자강에게 다가왔다.

"이상한 놈이군. 기본기는 삼류 같으면서도 집중력과 살기는 일류 고수 이상이야. 어디서 이런 놈이 튀어나왔을까?"

하지만 당청은 말과 달리 무표정하게 머리카락을 들었다. 그러곤 방금 했던 그대로 무릎을 꿇은 진자강의 미간 사이에 머리카락을 꽂아 넣었다.

"헉헉…… 헉, 헉!"

진자강은 피하고 싶었으나 몸이 움직이지 않았다. 양손도 양발도, 아무것도 움직이지 않는다!

푸…… 욱.

그사이 당청의 머리카락이 진자강의 미간을 뚫었다.

아까 심상에서보다 훨씬 더 극심한 고통이 진자강을 뒤흔들었다.

"으…… 으아아아아!"

진자강은 전신을 경련하며 입에서 피거품을 뿜어냈다.

"내가 말한 대로 지옥불에 몸이 타는 느낌이지? 분근착골의 고문보다 백 배 정도 고통스러울 것이야."

고통스러운데 몸부림을 칠 수도 없이 답답함이 배가되어 고통은 훨씬 끔찍하게 다가왔다.

진자강은 정신을 잃지 않기 위해 혀를 깨물었다. 총명탕의 부작용으로 정신을 잃지 않게 되면서 이렇게까지 해 본 적이 없었다.

그만큼 위기의식을 느낀 것이다.

그러나 진자강의 의지와는 상관없이, 총명탕의 효과마저도 소용없이 진자강은 강제적으로 정신을 잃어 가며 앉은 채로 몸이 뒤로 넘어갔다. 놀란 당하란이 달려와 진자강을 안으려 하였으나, 당청이 손바닥을 들어 막았다.

"거기 서거라."

"아!"

당청이 자신의 발아래를 내려다보았다. 당하란도 당청의 발을 보았다.

독혈슬들이 죽어서 당청의 발치에 새까맣게 쌓여 있다.

그런데 아직도 계속해서 독혈슬들이 벽에서 기어 나와 당청을 향해 꾸물거리며 기어 온다.

방금도 당하란이 무심코 달려왔으면 독혈슬에게 물렸을 지 몰랐다.

독혈슬들은 기어 올라와서 당청의 발목을 깨물었다.

그러나 잠시 후, 당청을 문 독혈슬들은 그대로 떨어져 나 가 죽었다.

그렇게 해서 당청의 발아래에는 죽은 독혈슬들이 계속 쌓이고 있었다.

가만히 그 꼴을 보던 당청이 의아해했다.

"이놈이 도대체 어떻게 독혈슬을 움직인 거지?"

그때까지 한 걸음도 움직이지 않고 차를 마시던 인은 사 태가 말했다.

"심상을 엿보고 계실 때, 독혈슬이 어르신에게로 몰려가 더군요."

"그것, 참."

알면서 알려 주지 않은 인은 사태를 탓할 수는 없었다. 방심했던 자신의 탓이다.

물론 이 독혈슬들은 기감을 방해하는 독충이다. 당청도 심상에 빠져 있다가 중간에 물린 후에야 독혈슬이 기어 나 왔다는 걸 깨달았다.

"흠."

당청의 표정은 꽤 심각했다.

만약 물린 이가 당청이 아니라 다른 이었다면 치명적이었을 터였다.

아까 독룡이 버텨 내는 모습을 보여 주긴 했으나 그것은 준비된 상태에서였다. 당가 내에서도 무방비 상태에서 이 정도로 독혈슬에게 잔뜩 물리면 살아날 수 있는 자는 많지 않다.

"설마 이걸 노리고 시간을 끈 건 아니겠지."

당청은 발을 흔들어 독혈슬들을 털어 냈다. 당청의 발목에도 깨알처럼 피가 맺혀 물린 자국이 고스란히 남아 있었다.

하지만 당청은 살아남은 독혈슬들을 해치지 않았다. 오히려 독혈슬이 눌려 죽지 않도록 손으로 조심스럽게 담아 벽으로 밀어 넣었다.

"불쌍한 것들. 너희들이 무슨 잘못이 있어. 쯧쯧."

당청의 태도는 귀여운 애완동물을 보는 듯했다.

독혈슬을 다 밀어 넣자 당청은 진자강을 내려다보았다.

진자강은 널브러져 움직이지 못하는 채였다.

"오랜만에 재밌는 놈들을 연속으로 만나니까 좋아. 망료가 제법 쓸 만한 놈을 추천했군. 우리 애들도 이놈을 닮아서 독기를 좀 품어야 할 텐데."

인은 사태가 미소를 머금고 말했다.

"아까는 패기가 없다지 않으셨습니까?"

"그야 일부러 자극을 주려고 한 말이지. 애들은 잘한다 잘한다 칭찬해 주면 금세 자만에 빠져 버리거든."

"어지간히 마음에 드셨나 봅니다?"

"흥. 저만한 놈, 예전에는 아주 흔했는데 요즘은 영 보기 어려우니까."

"하지만 저는 칭찬해 줘도 괜찮을 것 같군요."

인은 사태가 일어나서 진자강에게 다가왔다. 진자강을 안아 일으켰다. 그러곤 진자강의 피 묻은 뺨을 승복의 소매로 닦아 주었다.

거의 정신 줄의 마지막 끈을 잡고 있는 진자강의 뇌리에 인은 사태의 전음이 울렸다.

『내 질문에 대한 해답을 찾으면 언제든 아미산으로 오게. 그때에는 아미도 그대의 힘이 되어 줄 것일세. 세상엔 영원한 적도 영원한 아군도 없는 법이지.』

도무지 행동을 종잡을 수 없는 인은 사태의 한마디.

그러나 진자강은 인은 사태의 의도를 질문할 수 있는 상태가 아니었다.

인은 사태는 진자강을 들고 사뿐히 걸어가 당하란의 앞에 내려 주었다.

"나무아미타불. 부처님의 보살핌이 함께하기를."

당하란은 눈가가 붉어져서 진자강을 안았다. 혼례복을 입은 날, 피투성이가 된 남편감을 안고 있는 신세.

하지만 당청은 그런 당하란과 진자강을 차가운 눈으로 내려다보며 말했다.

"데려가. 놈에게 마지막 기회를 주겠다."

第三章

장서각(藏書閣)

진자강은 벌거벗긴 채로 깨어났다.

마룻바닥. 오래된 서적들의 냄새.

벌거벗겨지긴 했으나 몸은 깨끗하게 씻겨 있었고 상처에 약도 발라져 있었다. 다친 손톱도 얇은 붕대로 감싸져 있다.

그러나 양 발목을 족쇄로 묶어 놓아서 거동이 불편했다.

"일어나라."

묵직한 저음의 목소리가 들려왔다. 정신을 차리고 고개를 들어 보니 앞에 한 사람이 서 있었다. 나이가 대략 쉰 정도로 보이는 장년의 학사풍 무인이었다.

"나는 장서각주 당림이다. 너는 지금 본 가의 사람 외에 아무도 들어올 수 없는 금역(禁域)에 들어와 있느니라."

금역?

진자강은 주변을 둘러보았다.

주변으로 수많은 책들이 선반에 잔뜩 꽂혀 있는 게 보였다. 문이 없는 뻥 뚫린 여러 개의 방이 이어져 있는데 그 방들마다 선반이 끝도 없이 놓여 있었다.

"불경과 고서가 삼만 오천 부. 죽간(竹簡)이 이만 육백 권(券), 판목(版木) 일만 팔천 장, 무학서가 오천오백 책(冊). 본 각이 보유하고 있는 장서의 숫자다."

당림이 목소리를 가다듬었다.

"이제 어르신의 말씀을 전하겠다."

당림은 내공을 실어서 정확하게, 하지만 위압적으로 당청의 말을 전했다.

너는 본 가의 사위가 되기에 심히 부족하다.
열흘의 시간을 주마.

열흘의 시간 동안 무얼 할 수 있을까.

진자강이 생각하는데 당림이 말했다.

"본 장서각에는 수많은 무학서가 있다. 열흘 안에 그 안에서 절세의 무공을 찾아내어 익히거나, 혹은 그러한 무공서를 찾아내어 스스로의 안목이라도 증명하거라."

진자강이 무덤덤하게 대꾸했다.

"그 정도는 설명하지 않아도 압니다."

당림의 눈썹이 일그러졌다.

"그래, 그럼 당가의 무공서를 보고 무공을 익힌다는 게 무슨 뜻인지도 알겠지?"

"압니다. 당가의 사람이 되거나, 당가의 무공을 익힌 죄로 죽거나."

"거만한 놈. 그걸 알면서도 여유가 만만하구나."

진자강은 귀찮다는 투로 대꾸했다.

"어차피 열흘 동안 이곳에서 나를 해코지할 수 있는 사람도 없을 것 아닙니까."

당림이 진자강의 답변에 흠칫했다.

"듣던 대로 제법 머리가 명석하구나. 그래, 언제까지 여유로울 수 있는지 두고 보자꾸나. 클클클."

당림은 살의로 눈을 희번덕이며 말했다.

"열흘이 지나도 변한 게 없으면 죽이겠다. 살고 싶으면 발버둥을 쳐라. 물론 이곳을 벗어난다고 해도 이곳보다 더 나은 곳일지는 모르겠지만. 클클클."

당림은 두꺼운 철제 출입문으로 나가 몇 겹이나 되는 빗장을 걸어 잠갔다.

진자강은 귀를 기울였다. 계단을 오르는 소리가 들렸다.

이곳은 해가 들지 않는다. 등잔이나 불도 없다. 대신 천장에 빛을 내는 구슬들이 박혀 있어서 어둡지 않을 정도로 빛을 비추고 있다.

바닥은 마루에 벽과 천장도 목재로 지어졌지만, 그것은 습기를 조절하기 위함이다. 곳곳에 지보공이 보이는 것으로 보아 실제로 이곳은 지하임이 틀림없었다.

혼자 남은 진자강은 잠시 생각에 잠겼다.

출입구는 하나. 심지어 발의 족쇄를 풀고 달아나는 일은 불가능하다.

진자강은 하물며 벌거벗어서 수중에 들고 있는 것이 아무것도 없다.

그러니 지금 할 수 있는 일이라고는 어쩔 수 없이 무공을 배우는 것뿐. 절세의 무공을 열흘 안에 익혀서 달아나든지, 아니면 당가에 굴복하여 목숨을 보전하든지 간에 어쨌거나 절세의 비급을 찾아내는 수밖에 없다.

그러나 어떻게?

진자강은 방들을 가볍게 돌아보았다.

수없이 늘어선 서가(書架).

근 팔만 권의 책들.

제아무리 진자강이라도 열흘 만에 이 안에서 어떻게 쓸

만한 무학서를 찾아낸단 말인가.

"하하."

진자강조차 막막하여 헛웃음이 나왔다.

*　　*　　*

장서각은 공식적으로 당가의 외원 삼십육방과 내원 육대방(六大房)에 속하지 않는 비밀 장소다.

그러나 내원 육대방 중 당가의 사업을 관리하는 가업방(家業房)과 교육 기관인 봉치방(鳳雉房)의 전각들 아래 지하 공간을 전부 차지하고 있을 정도로 넓은 면적을 갖고 있었다.

장서각주 당림은 장서각 위에 세워진 전각들 중 한 곳에서 느긋하게 여유를 즐기고 있었다.

"그 건방진 놈이 열흘 뒤에 어떤 얼굴로 나타날지 궁금하군."

장서각의 부원주가 물었다.

"어르신의 의도는 무엇일까요? 제아무리 천고의 기재라 하더라도 장서각에서 열흘 동안 쓸 만한 무공을 배워 나온다는 건 무리입니다."

"당연하지. 방대한 서고 안에서 좌절하거나 뭐든 익히려 하거나 둘 중 하나일 거다. 어느 쪽이든 당연히 우리의 기대에 미치진 못하겠지."

"하면 굳이……."

"어르신께선 이미 야생마 길들이기에 들어가신 거다."

당림은 자신의 수염을 매만지며 말했다.

"놈은 이제껏 패배 없이 살아왔다. 그런 놈이 원수로 생각하는 가문에 데릴사위로 들어간다는 건 어불성설에 가깝지. 독한 놈으로 소문나서 어지간한 충격 없이는 우리 쪽으로 끌어들이기 어려워."

"장서각에서의 실패는 예정된 것이었군요. 놈이 실패하면 어떻게 됩니까?"

"다음은 봉치방 지하의 뱀 굴이다. 놈은 우리의 기대를 충족시키지 못한 죄로 벌을 받아야 하지."

"거긴 몸만 겨우 들어가는 비좁은 공간에서 생뱀을 씹어 먹으며 한 달간을 버텨야 하는 장소 아닙니까."

"나는 놈의 팔다리를 모두 부러뜨려서 뱀 굴에 넣을 것이다. 놈은 움직이지 못한 채 끊임없이 몸을 물어 대는 뱀의 공격을 버텨야 한다. 배가 고프면 몸으로 기어서라도 입으로 뱀을 씹어 먹을 수밖에 없지. 하지만 거기 있는 뱀들에는 기생충이 있어서 먹을수록 심한 배앓이를 하게 된다."

부원주가 오싹하다는 표정을 지었다.

"놈은 손가락 하나 까딱하지 못하는 채로 계속 설사를 하다 탈수 때문에 어쩔 수 없이 다시 뱀의 피를 마시게 될 거다. 뻔히 고통을 겪을 걸 알면서도 어쩔 수 없이 뱀을 먹어야 하니 자괴감이 들겠지. 그런 고통 속에 한 달을 버텨야 한다."

"뱀 굴은 지독한 곳이지요. 저도 말로만 들었습니다만."

"물론 독한 놈이니까 거기서도 어지간하면 살아 나올 것이다. 그러면 그다음은 암굴(暗窟)이 기다리고 있지."

부원주는 말만 들어도 진저리가 난다는 듯 고개를 절레절레 흔들었다.

당림이 말을 이었다.

"암굴은 온갖 질병과 중독으로 죽어 가는 자들을 격리시킨 곳. 남녀노소를 가리지 않고 한 군데에 몰아 두어서, 단 하루만 그곳에 있어도 세상에서 가장 끔찍하고 더러운 꼴을 모두 볼 수 있는 곳이지. 하지만 안타깝게도 놈은 그곳에서 반년이 예정되어 있다."

"암굴에서 반년이라니…… 놈이 과연 제정신으로 나올 수 있겠습니까."

"어르신이 원하시는 건 그곳에서 놈의 정신이 붕괴되는 것이다. 하여 아예 처음부터 다시 길들이실 생각인 게다."

"만약 놈이 제정신이 돌아오지 못한다거나, 그곳에서 주어지는 아편을 건드려 헤어 나오지 못한다면……."

"영원히 그곳에서 나오지 못하게 되겠지. 어차피 어르신께선 한 번 쓸모없어진 놈은 두 번 다시 돌아보지 않으시거든."

부원주는 마른침을 삼키며 물었다.

"그럼 놈이 만일 중간에 전향하겠다고 하면 어떻게 됩니까?"

당림이 살기등등하게 웃었다.

"그런 일은 없어. 내 입에서 절대로 그런 보고가 올라갈 일은 없을 테니. 자네도 알지? 내가 무례하고 건방진 놈을 세상에서 제일 싫어하는 거. 나는 놈이 장서각에서 살아 나오는 대로 놈의 혀를 봉쇄해 버릴 거야. 놈은 뱀 굴부터 암굴까지 본 가가 제공하는 만족스러운 접대를 모두 경험하고 난 후에야 입을 열 수 있게 되겠지."

*　　　*　　　*

정말로 장서가 가득했다.

유불선의 이론을 기술한 서적부터 아주 오래된 경전, 진자강이 알아볼 수도 없는 서장의 글씨로 쓰인 귀한 서적들도 있었다.

기관학, 진법학, 선도학, 잡학 등의 도서가 총망라되어 가득했다. 평생이 걸려도 다 읽지 못할 양이었다.

중원의 역사에서 인간이 살아오며 기록한 대부분의 정보가 다 들어 있는 것처럼 보였다.

이 책들을 한 번 훑어만 보더라도 족히 몇 년은 걸릴 것인데, 훑어보는 것만으로 그것이 무학서인지 아닌지를 구분할 능력이 진자강에겐 없었다.

아주 간단히, 방마다 무엇이 있고 어떤 책들이 주류로 있는가를 살펴보는 데만도 하루가 걸렸다.

밥은 하루에 벽곡단 몇 알이 출입문의 작은 구멍으로 지급됐다.

진자강은 몇 권의 무공서를 추려 냈다.

진자강이 부족한 신법과 보법서, 독을 다루는 내공심법, 십팔반 병기를 다루는 무공서.

진자강이 배우기에 전부 쓸 만한 것들이었지만 절세의 비급이라고 보기엔 많이 부족했다.

무학서의 특성상 스스로 이것이 삼류다 이류다 하고 적혀 있지도 않다.

첫 장을 펼치면 가장 먼저 나오는 말이…….

이 비급을 익힌 자, 능히 천하를 오시하고 천하제일인으로 강호에 우뚝 설 수 있을 것이다!

……였다.

대부분의 무학서가 과장하듯 자랑을 늘어놓은 바람에 머리말로 수준을 구분하는 건 무의미했다. 실제로 내용을 훑어보고 이해해야 이것이 정말 제대로 된 비급인지 알 수 있었다.

진자강은 찾아낸 무공서를 한쪽에 쌓아 두고 계속 방을 뒤지면서 고민했다.

어떻게 해야 이곳에서 살아 나갈 수 있는가.

*　　　*　　　*

그중에서 유독 진자강의 관심을 가장 끌었던 것은 독학(毒學)이었다.

진자강은 몸으로 독을 체득했다. 약문의 진전을 이었기에 약학에는 능했지만 독을 배운 적은 없었다. 그래서 독에 관한 전반적인 얘기가 나온 독학이 가장 흥미 있었다.

부작용을 고려하지 않고 만든 망료의 총명탕 덕에 진자강의 집중력은 고도로 훈련됐다. 두툼한 독학서를 하루 만에 읽어 냈다.

탕탕!

밖에서 문을 두 번 두들겼다.

벌써 이틀이 지났다.

아쉽게도 독학에 관해 더 알고 싶었으나 그럴 시간이 없었다.

하나 독학이 도움이 된 부분도 있었다.

진자강은 독학을 읽고 나서 자신이 해야 할 일을 깨달았다.

독학을 읽고 제일 먼저 한 것은 오래된 서가의 밑이나 방의 구석구석을 뒤지는 것이었다.

아무리 깨끗하게 쓸고 닦고 해도 구석과 끝에는 먼지가 있기 마련이다.

먼지를 손가락으로 찍어 냄새를 맡았다. 눈이 번쩍 뜨였다.

"역시!"

진애(塵埃)다.

꽃가루, 곰팡이, 썩은 나뭇조각, 벌레의 사체 등등이 오래되어 케케묵은 먼지.

부엽토와는 달리 이것은 독성을 지녔다. 장서각의 습기 관리가 잘되어 심하게 부패하지 않고 말라 버린 먼지다.

진자강은 서적을 찢어 종이에 진애를 쌌다. 서가에서 서적들을 뒤지고 다니며 틈틈이 구석과 바닥의 진애를 긁어모았다.

워낙 방이 넓고 서가가 많아 양은 충분했다. 금세 모은 진애가 몇 움큼이나 되었다.

모은 진애의 반은 바닥에 잘 펼쳐서 말리고, 다른 반은 위에 소변을 보고 구석에서 묵혀 두었다.

그런 후 다시 서적들을 둘러보러 다녔다.

이제 진자강이 필요한 것은 몇 가지로 추려졌다.

진자강은 초조해하지 않으려 노력하며 계속해서 서가를 돌아다녔다.

*　　　*　　　*

사흘째, 서가의 삼 할 정도를 돈 진자강은 운 좋게 자신이 원하던 것 중 하나를 찾아냈다.

작열쌍린장(灼熱雙燐掌).

순수한 내공으로 불꽃을 피우는 삼매진화에서 파생된 열양장(熱陽掌)으로 극양의 장법이었다.

작열쌍린장은 두 가지의 방법으로 장력을 일으킨다.

한 자락의 내공을 음기가 가득한 음맥(陰脈)으로만 먼저 돌린다. 신체의 기가 스스로 균형을 맞추기 위해 양맥이 뜨거워지기 시작하면 그때 다른 한 자락의 내공을 양맥에 돌려 양기를 배가시키는 것이다.

이후 허리의 대맥에서 음맥을 돈 음한내공을 소멸시키고, 양맥의 내공만을 남겨 극한까지 주천시킨다. 온몸의 기혈에서 열감이 느껴지며 땀이 증발하여 수증기가 되는 순간에 엄지와 중지의 끝 기혈을 열면, 두 개의 시퍼런 도깨비불[燐火]이 생성된다.

자칫 양기가 머리까지 올라가면 그대로 주화입마하기에 굉장히 위험한 수법이었다.

게다가 진자강은 특히나 광혈천공 덕에 기혈의 내구력이 약했으므로 극한까지 양맥에 내공을 주천시키는 일이 쉽지 않았다.

그러나 진자강에게는 선택의 여지가 없었다.

시간이 많이 남지 않았다. 더 시간을 끌면 무공을 익힐 시간도 없게 된다.

진자강은 남은 시간을 오로지 작열쌍린장을 익히는 데에 투자하기로 했다.

진자강은 시간이 가는 줄도 모르고 계속해서 작열쌍린장을 수련했다.

음맥에 먼저 내공을 돌리자 몸이 급속도로 차가워졌다. 이빨이 딱딱 부딪치고 어깨가 으슬으슬 떨렸다. 몸이 차가워지면서 반발 작용으로 양맥 쪽에 가장 민감한 뇌호혈에서 뜨거운 불씨가 피어올랐다. 진자강은 주화입마를 당하지 않기 위해 급히 양기를 머리 아래로 끌어내리고 음기를 소멸시켰다.

이어 이십팔 맥 중 부(浮), 규(芤), 활(滑), 실(實), 현(弦), 긴(緊), 홍(洪)의 순서대로 양기를 돌렸다. 머리로 향하는 맥을 막고 몸 안에서만 양기를 돌리자 아까와 달리 몸이 금세 뜨거워졌다.

열이 올라 살갗이 붉어지고 얼굴에 홍조가 피어났다.

후욱.

뜨거운 입김이 새어 나왔다.

두 바퀴, 세 바퀴…… 열 바퀴.

양기의 수레바퀴가 양맥을 돌 때마다 인두로 지지는 듯한 열감이 느껴졌다. 조금만 잘못 다뤄서 옆으로 새면 몸이 타 버릴 것 같은 두려움이 들 정도였다.

'으윽!'

몸이 너무 뜨거워지고 살이 벌겋게 익는 듯 고통이 찾아왔다. 길길이 날뛰는 불의 수레바퀴는 예전의 수레바퀴와는 또 다른 종류의 야수였다.

가뜩이나 좌반신의 기혈을 이용하지 못하는 데다 우반신의 기혈이 약하기까지 한 진자강은 점점 더 버티기 힘들어졌다. 땀이 수증기가 되어 피어오를 때까지 양기를 돌려야 하는데 몸이 버틸 수가 없었다.

진자강은 오른손의 엄지와 중지를 마주치며 손가락을 튕겼다.

탁.

희미한 김이 피어오르다가 말았다.

그래도 여기에서 포기할 수는 없었다. 진자강은 다시 양기를 일으키며 양기에 옥허구광 오뢰합마공을 접목해 보았다.

야수를 다루는 데에 최적화되어 있는 합마공의 묘리가 다행히도 거부감없이 들어 먹혔다. 그러나 한 번에 성공할 수는 없었다.

진자강은 수십 차례나 시도한 끝에 합마공의 묘리에 따라 양기를 다스릴 수 있게 되었다. 불의 수레바퀴는 아까보다 매우 안정적으로 돌면서도 훨씬 더 고온으로 불타올랐다.

스무 바퀴도 채 돌리지 못했던 불의 수레바퀴가 백 바퀴를 넘어갔다.

기이이잉!

몸 안에 뜨거운 불덩이가 돌고 있었다.

"크억!"

고통을 참지 못한 진자강이 신음을 내뱉으며 바닥에 손을 짚었다.

"허억, 허억!"

진자강의 입에서 흰 연기가 피어올랐다. 땀이 말라붙어 살거죽에 소금기가 배어 있었다.

조금만 더 하면 될 것 같았는데…….

아직은 포기할 때가 아니다.

'다시!'

진자강은 이를 갈면서 다시 도전했다.

몇 차례나 도전하다가 까무러치기를 반복했을까.

진자강은 옥허구광 오뢰합마공으로도 버티기 어려울 지경까지 계속해서 불의 수레바퀴를 돌렸다. 마침내 기혈이 새까맣게 타 버려서 몸이 온통 숯검정이 된 것 같다는 생각이 들 정도까지 도달했다.

진자강의 몸에서 흘러나온 땀이 순식간에 증발하여 김으로 피어올랐다.

바로 지금.

진자강은 모든 양기를 오른손에 집중해 엄지와 중지 끝의 혈도를 열었다.

틱!

도깨비불처럼 희미하게 퍼런 불꽃이 보였다.

쌍린이다.

진자강은 손바닥에 두 개의 불꽃을 감아 넣고 주먹을 쥐었다가 펼치며 바닥을 쳤다.

퍼엉!

엄청난 열기가 바닥에서 터졌다. 손톱을 묶었던 붕대가 불타서 뜯겨 나가고 나무 바닥에 진자강의 손바닥 자국이 거뭇하게 생겨났다. 나무 바닥의 일부는 뒤틀리기까지 했다.

대신 진자강의 손바닥은 물집이 잡히고 살이 벌겋게 데었다.

탕탕탕탕! 탕탕탕탕탕!

그때 들려온 아홉 번의 문을 두드리는 소리.

진자강은 고통스러운 얼굴 한편에 회심의 빛을 띄우며 웃었다.

이후 진자강은 편안한 자세로 앉아 천천히 기혈을 회복했다.

옥허구광 오뢰합마공의 운용법을 알게 되면서 광혈천공으로 쓸 수 있는 내공의 양과 횟수가 두 배 이상으로 늘었다.

이제 한 모금의 호흡으로 예전보다 두 배 이상의 힘을 발휘할 수 있었고, 최대 여섯 번 이상도 내공을 일으킬 수 있었다.

물론 그렇다고 해도 당가의 괴물 같은 고수들을 상대하여 맨몸으로 어디까지 할 수 있을지는 알 수 없었다. 오직 최선을 다할 뿐이다.

기혈을 회복한 진자강은 말려 둔 진애를 찾아 손바닥으로 비벼서 더 곱게 부스러뜨렸다. 워낙 가볍고 입자가 고와서 손바닥에 쥐고 불었더니 순식간에 가루가 퍼져 날린다.

진애는 그 자체로 천연의 독이다. 오래되면 오래될수록 독성이 심해진다. 주로 허파에 작용해서 숨 쉬기를 곤란하게 만들고 눈이나 코안의 점막 등에 염증을 일으켜 가렵게 만든다.

이 정도 말랐으면 충분하다.

소변을 섞어서 모아 둔 진애는 눅눅한 상태에서 부글거리고 끓는 중이었다. 오래된 거름처럼 고약한 냄새가 나고 그 공기 속에서 독기가 느껴졌다.

건조된 진애와 달리 소변으로 눅눅하게 숙성된 진애는 똥독처럼 피부에 독성이 작용한다. 부종과 종기를 일으키고 온몸이 가려워져 움직임을 둔하게 만든다.

진자강은 책이 꽂힌 서가의 일부를 부숴서 잘게 쪼갠 후, 뾰족한 나무 침을 만들었다. 단검처럼 두어 뼘 되는 길이부터 한 뼘 이하까지 여러 가지 길이로 준비했다. 거기에 소변으로 숙성된 진애를 묻혀 독침으로 만들었다.

하나 옷이 없어 독침을 숨길 수가 없는 게 가장 흠이었다.

진자강은 곳곳의 서가에 나무 침들을 숨겨 두었다.

마른 진애는 종이로 싸서 발목의 족쇄 틀 사이에 끼워 넣었다.

족쇄를 벗어 버리고 싶었지만 안타깝게도 아직 그만한 능력은 되지 못했다. 시간이 없으니 억지로 발목을 꺾어서 빼낼 수도 없었다.

"후우."

아직 하루가 남았지만 더 기다릴 필요가 없다.

준비가 끝났다.

진자강은 여러 방들 중 가장 입구와 가까운 쪽으로 가서 섰다.

광혈천공을 일으켜 내공을 불린 후, 작열쌍린장의 운용법 대로 내공을 이끌었다. 옥허구광 오뢰합마공을 접목시켜 좀 더 안정적으로 기혈을 보호하며 최대로 고온을 일으켰다.

오른손의 엄지와 중지를 열자 두 알의 불꽃 심지가 피어 올랐다. 진자강은 불꽃을 손바닥 안에 감아 넣고 힘껏 손을 들었다가 서가를 후려쳤다.

퍼엉!

묵직한 서가가 흔들리고 오래된 서적들이 찢기며 날아다 녔다.

파라락!

기름을 먹인 서적들과 고서가 시꺼멓게 그을음이 묻은 채로 사방에 휘날렸다.

불티도 함께 튀었다. 불꽃이 옮겨붙은 종잇조각들이 허 공에 떠다녔다.

진자강은 한 번 더 작열쌍린장을 극대로 끌어 올렸다.

손안에 불꽃을 감아 넣고 그것으로 서가에 꽂힌 서적을

쳤다.

퍼어엉!

손가락 사이로 불꽃이 비집고 새어 나왔다.

화그르륵.

오래된 서가의 선반과 거기에 꽂힌 서적들은 화재에 취약하다. 순식간에 불이 옮겨붙기 시작했다.

진자강은 불이 붙은 책들을 집어 사방에 던졌다. 곳곳에서 불이 피어오르고 연기가 차올랐다.

그 모습을 바라보는 진자강의 눈동자에도 불꽃이 비쳐 타오르기 시작했다.

*　　　*　　　*

막 해가 넘어가고 모든 문이 잠기는 당가대원의 저녁…….

내원에 갑작스러운 탄내가 풍기기 시작했다.

가장 먼저 변고를 깨달은 것은 장서각주 당림이었다. 전각의 아래 땅 곳곳에서 흰 연기가 피어오르기 시작한 것이다.

지하는 다름 아닌 장서각.

진자강에게 주어진 기한이 하루밖에 남지 않은 상황이기에 당림은 불안한 생각을 떨쳐 버리기 힘들었다.

"이게 무슨?"

당림은 한달음에 장서각의 입구로 달려갔다.

보초를 서던 무사들이 장서각의 비밀 입구에 모여 불안해하고 있었다.

두꺼운 문의 틈새에서 계속해서 연기가 새어 나오고 있었다.

"어…… 어어……?"

당림이 눈을 치켜떴다.

무슨 일인지는 모르겠지만 장서각 내에서 불이 난 것이다. 그것도 한참 전부터!

지상의 통로에서부터 지하의 장서각까지는 백 계단이 넘고, 삼 중의 차단 문이 있다. 그런데도 여기까지 연기가 새어 나온다는 건 이미 불이 난 지 한참이나 되었다는 뜻이다.

장서각이 넓은 면적에 걸쳐 자리하고 있기 때문에 가업방과 봉치방 전각들 아래 환기구에서도 연기가 피어오르고 있었다.

당림은 전신에 식은땀이 났다.

한순간 어질하기까지 했다.

장서각의 수많은 장서가 불타게 생겼다. 당가와 함께해 온 역사가 고스란히 사라지게 되는 것이다.

뿐만 아니라 장서각이 하필 지하에 있기 때문에 그 안의 서가와 서적들이 땔감 역할을 해서 위쪽의 가업방과 봉치방의 전각들까지 태우게 될 것이다.

단순히 당림에게 관리 소홀에 대한 책임으로 이어지는 정도에서 끝날 일이 아니었다.

가업방의 전각에 있는 많은 서류와 전표들이 불타면 당가의 전반적인 사업 자체가 타격을 받게 될 테고, 봉치방이 불타면 당가의 후예들을 교육시켜야 할 자료들이 날아가게 된다.

그야말로 당가로서는 치명적인 일.

벌써 사방에서 사람들이 뛰쳐나오고 난리가 났다.

"어, 어떻게 장서각에 불이……."

불이 날까 봐 불과 관련된 것은 하나도 두지 않고 값비싼 야명주로 불빛을 대신하기까지 하고 있는데!

지금 이 순간 생각할 수 있는 것은 진자강뿐이다.

당림은 이를 갈면서 문을 열라고 명령했다.

불의 진원지를 찾아 꺼야 한다.

"물! 물을 떠 와!"

그러나 문 안으로 들어가는 것조차 쉬운 일이 아니었다. 통로에 연기가 꽉 들어차 있었다. 눈이 매워 눈을 뜨기도 힘들고 숨을 쉬는 것도 고역이었다.

무사와 하인들은 입구에서부터 물을 뿌리며 천천히 진입할 수밖에 없었다.

이대로 그냥 내버려 둘 수가 없었다.

당림은 내공이 있는 무사들 몇과 함께 물에 적신 천으로 입을 감싸고 몸에 물을 뿌린 후, 물 몇 동이를 들고 통로로 진입했다.

아래로 내려가며 문을 개방할수록 열기가 심해졌다. 마지막 장서각의 문을 열었을 때에는 더 열이 심했다. 새까만 연기가 마구 흘러나오고 천장 쪽으로는 불이 거꾸로 붙어서 넘실거렸다.

입구 쪽의 서가는 거의 다 타서 숯덩이가 되어 있었다.

"물을 뿌려!"

무사들이 여러 번 오가며 물을 뿌려 대서 겨우 입구 쪽의 일부를 진화했다.

당림이 내공을 써서 안쪽을 살펴보니 안쪽보다 입구가 화재가 심했다. 아무래도 입구 쪽이 발화점인 모양이었다.

하지만 그렇다는 것은 인위적일 가능성이 크다는 뜻이다.

당림이 이를 갈며 외쳤다.

"안쪽으로 들어가 놈이 있는지 살펴!"

당림은 입구를 지킨 채로 무사 여럿을 안으로 들여보냈다.

그러나, 잠시 후 들려온 것은 답답한 신음 소리였다.

"큭!"

"욱!"

연기 때문에 제대로 보이지도 않는 상태에서 무사들이 죽어 나갔다.

"이이⋯⋯!"

당림이 눈에 불을 켜고 내공을 끌어 올리며 주먹을 꽉 쥐었다.

"이놈이! 네놈이 불을 지른 것이었느냐! 이곳이 감히 어디인 줄 알고! 사지를 천 갈래, 만 갈래로 찢어 죽여 주마. 어서 나와라!"

"어디인지 잘 압니다. 당신이 말해 주지 않았습니까."

진자강의 목소리가 점점 가까워지며 들려왔다.

"보관하고 있는 불경과 고서가 삼만 오천 부. 죽간이 이만 육백 권, 판목 일만 팔천 장, 무학서가 오천오백 책."

연기와 불꽃 속에 흐릿하게 진자강의 모습 윤곽이 보였다. 진자강은 대담하게도 삼 장 정도의 거리에 서서 당림을 마주하고 있는 것이다.

진자강이 비웃음을 가득 담고선 말했다.

"그런데 그 안에 쓸 만한 서적은 전혀 없었나 봅니다? 불이 났는데 아무도 그 귀한 절세의 무공서부터 찾아서 옮길 생각은 않고, 나를 찾아다니더군요."

당림이 분노하여 소리를 질렀다.

"이놈이 감히⋯⋯ 이곳의 장서는 네놈의 하찮은 목숨보다 몇 배는 더 값진⋯⋯."

"그러니까 왜 그 값진 장서보다 나를 먼저 찾느냐 말입니다."

진자강이 싸늘하게 조소를 던졌다.

"절세의 무공서를 숨겨 뒀으니 찾아서 익혀라? 헛소리하지 마십시오. 그런 개수작에 내가 넘어갈 것 같습니까?"

"네 이놈!"

당림이 노하여 연기 속으로 달려들었다. 진자강의 윤곽 그림자가 즉시 사라졌다.

당림은 발에 뭔가 부드러운 것이 걸리자 바로 손을 뻗어 잡았다. 그러나 발에 걸린 것은 진자강을 찾으라고 보냈던 무사의 시체였다.

화염에 불타는 서가 뒤쪽에서 진자강의 목소리가 들렸다.

"역시, 당신은 나를 죽이지 못하는군요."

흠칫.

당림은 이를 깨물었다.

너무 머리가 좋은 놈이다.

일부러 자신의 발에 무사의 시체가 걸리게 해 놓고 확인했다. 자기가 바로 손을 쓰는지 아닌지.

소름이 끼칠 정도다.

당림은 당연히 진자강을 죽일 수 없다. 당청의 명령은 열흘간을 지켜보라는 것이었다.

오늘이 아흐레째.

진자강이 설사 당가의 역사와 함께 시작되어 온 장서각을 불살라 버리는 대죄를 지었다 해도 염왕 당청의 허락이 없으면 진자강을 죽이지 못한다.

팔다리 정도 부러뜨리는 거야 상관없지만 회복 불가능한 상처를 입혀서는 안 된다. 손가락 한둘, 눈 하나 정도. 혹은 혀를 뽑는 정도까지는 용인될지 몰라도 절대로 죽일 순 없다. 현재 진자강의 생사를 결정하는 권한은 오로지 염왕의 손에 달려 있는 것이다.

으드득.

"건방진 놈…… 내가 너처럼 하찮은 놈을 상대로 손을 쓰는 데 주저할 거라 생각하느냐?"

"허세를 부리는군요. 그럼 정말 그 말이 맞는지 보겠습니다."

그 순간 진자강이 옆 서가를 밀어서 무너뜨렸다. 불붙은 서가와 서적들이 한꺼번에 당림에게 쏟아졌다.

당림은 힘껏 양손을 내질렀다.

쾅!

서가가 당림의 쌍장에 산산조각 나며 터져 나갔다.

끼이익—

옆쪽에서 다시 불붙은 서가가 당림을 덮쳐 왔다. 당림이 다시 장력으로 날려 버리려는데, 선반의 사이에서 진자강의 눈이 번뜩이는 게 보였다.

"윽!"

당림은 쌍장에 내공을 모았지만 발출하지 못했다. 그랬
다가 진자강의 머리라도 터져 버리면!

진자강이 서가의 선반 사이를 뚫고 나와 당림에게 달려
들었다. 당림의 다리를 뾰족한 나무 침으로 찔러 왔다.

당림은 진자강의 머리를 누르면서 무릎으로 진자강의 턱
을 올려 찼다. 진자강이 다른 손에 쥐고 있던 걸 당림의 얼
굴에 던졌다. 불붙은 책, 아니 그냥 불덩이였다.

당림은 고개를 틀어 피했다. 진자강이 그사이 무릎 차기
를 피해 바닥을 굴렀다. 바닥에서 위로, 당림의 다리 사이
고간을 나무 침으로 찔렀다.

"수치를 모르는 놈 같으니!"

당림은 뛰어올라서 다리를 일직선으로 뻗어 양옆으로 벌렸
다. 양옆에서 무너지는 서가의 선반 사이에 다리를 걸쳤다. 진
자강이 아래로 들어오면 머리를 낚아채려고 손을 치켜들었다.

진자강은 더 공격하지 않고 뒤로 물러났다.

"없는 비급을 있다고 거짓말하는 것이야말로 정말로 수
치를 모르는 겁니다."

"내 네놈을 반드시……."

그러나 당림은 뒷말을 잇지 못했다. 그랬다가 진자강이

또 시험해 보라고 하면 괜히 자신의 말문만 막힐 게 분명하기 때문이었다.

당림은 다리를 쭉 벌려서 공중에 뜬 채, 진자강을 주시했다. 진자강은 다시 화염과 연기 안으로 몸을 숨겼다.

당림은 눈에 내공을 모으고 시력을 최대까지 끌어 올렸다.

그러나 진자강을 쉬이 볼 수가 없다.

이해하기 어려웠다.

이 뜨거운 불과 앞도 보이지 않는 연기 속에서 진자강은 벌거벗은 맨몸으로 어떻게 자유로이 다니는 것일까?

심지어는 자신조차도 잘 보이지 않고, 제대로 숨까지 쉴 수 없는 지경인데 말이다.

점점 숨이 탁해져서 자신도 오래 버틸 수 있을 것 같지가 않았다.

무사들이 밖 계단에서부터 불을 끄며 들어오고 있지만 온통 목재로 이루어진 장서각 내의 불을 쉽게 끌 수 있을 리 없다. 오히려 불은 안쪽으로 번져서 더 심해지고 있다.

버틸 수 있는 건 길어야 일다경. 그 안에 진자강을 산 채로 잡아서 끌고 나가야 한다.

하지만 진자강은 당림의 생각을 알기라도 한 것처럼 점점 더 안쪽으로 들어가고 있었다.

"이 미친놈이…… 같이 죽겠다는 셈이냐!"

"그럴 리가요. 나는 이보다 더 뜨겁고 독기로 가득한 공간에서도 한 달을 보낸 적이 있습니다. 힘든 건 당신이지 내가 아닙니다."

당림은 믿지 않았다. 열기 때문에 당림의 머리카락과 수염은 끝이 고슬고슬 말려들었고, 옷에도 불티가 튀어 여러 군데 구멍이 뚫렸다.

맨몸인 진자강이 버틸 수 있을 리가 없다. 하지만 굳이 시간을 끌 필요는 없었다. 당림은 내공을 끌어 모아 일거에 진자강을 제압하려 준비했다.

진자강의 윤곽이 흐릿하게 움직이며 이동하고 있다.

당림은 발에 힘을 주고 서가를 박차며 일직선으로 진자강을 향해 달려 나갔다. 당림은 쌍장을 뻗으며 가로막는 서가를 몸으로 뚫고 그대로 직진했다.

쿵! 쿠쿠쿵!

이미 불에 타서 약해진 서가들은 당림의 장력에 맞고 박살 나며 비명을 지르듯 불꽃을 토해 냈다. 당림은 다섯 칸의 서가를 부수고 진자강에게 순식간에 도달했다.

진자강의 윤곽이 막 드러난 순간, 당림은 손을 뻗다가 잠시 멈칫했다.

혹시나 이것이 또 함정이라면? 진자강이 아니라 무사의 시체라면?

하지만 이번엔 진자강이 맞았다. 진자강이 서가의 뒤로 몸을 피하며 당림을 향해 나무 침을 던졌다.

"어딜 쥐새끼처럼 달아만 나느냐!"

당림이 손으로 가볍게 나무 침을 쳐 버리고 불타는 서가를 발로 차 반으로 쪼개며 진자강에게 달려들었다.

그때 서가 위에서 사람이 뚝 떨어졌다. 당림이 대경하여 위쪽으로 손을 들어 막았다. 위에서 떨어진 이의 팔을 잡아 비틀고 발을 뻗어 올려 찼다.

퍽!

사람은 힘없이 불길로 나가떨어졌다.

무사의 시체다. 시체를 서가에 올려놓아 서가를 부수고 달려오는 당림의 머리 위에 떨어지도록 한 것이다.

그때 진자강이 당림을 향해 손에 쥐고 있던 것을 던졌다. 미세한 가루들이 불길을 지나며 불이 붙어 불꽃으로 변해 산란했다.

'독분인가!'

진자강이 당림을 향해 주먹을 뻗었다. 아니, 주먹을 중간에 펼쳐서 손바닥으로 바꿨다.

작열쌍린장!

당림이 황급히 왼손의 장으로 맞받아쳤다.

퍼엉!

손바닥끼리 마주치며 커다란 원형의 공진(共振)이 생겨났다. 불꽃들이 동심원처럼 사방으로 퍼져 나갔다.

뚜둑.

진자강의 손목과 팔꿈치에서 관절이 어긋나는 소리가 들렸다. 당림의 내공이 한참이나 우위에 있는 탓이다.

하지만 당림은 웃을 수 없었다. 손바닥이 화끈거리며 타는 듯한 작열감이 느껴졌다.

맞댄 손바닥 안에서부터 불길이 새어 나왔다.

비명은 내지 않았으나 고통으로 당림의 얼굴이 잔뜩 일그러졌다.

당림이 억지로 손바닥을 떼었다.

찌이익!

손바닥의 살갗이 벗겨지며 곳곳에 상처가 생겼다. 손바닥에 여러 개의 열상이 생겨서 겉 피부가 녹은 채 시뻘건 속살을 드러내고 있었다.

진자강은 옆의 서가에 어깨와 팔을 강하게 부딪쳐 어긋난 관절을 맞췄다.

퍽! 퍽!

관절을 맞추자마자 바로 당림을 향해 달려들었다.

당림은 왼손이 시큰거려 오른손으로 진자강의 어깨를 때렸다. 진자강이 몸을 굽혔다가 일으키며 종이를 펼쳐 진애를 던졌다. 미세한 분말이 당림의 얼굴을 향해 날아들었다.

순식간에 눈이 따끔거리고 코안이 간질거렸다. 당림은 고개를 세차게 저어서 바람으로 먼지를 날려 버렸다.

그때 진자강이 바닥을 구르며 당림의 발목을 잡았다. 당림은 진자강을 바로 걷어차 버렸다. 진자강이 맞고 데구루루 굴렀다. 당림이 쫓아가면서 발로 찍었다.

쾅! 쾅!

당림의 발이 마룻바닥을 찍을 때마다 바닥이 부서지며 파편이 튀었다. 당림은 연기 때문에, 그리고 진애의 독분 때문에 눈에서 눈물이 나 더 버티기가 힘들었다.

이제는 몸 어딘가 하나를 박살 내더라도 빨리 잡아서 데리고 나가야…….

그런데 갑자기 진자강의 얼굴이 바로 아래에 보였다. 쫓아가며 발로 내려찍고 있었는데 진자강이 갑자기 방향을 돌려 자신의 발아래에 머리를 가져다 댄 것이다!

당림이 자신을 죽일 수 없다는 걸 알고 한 행동.

목숨을 걸어야 하지만 반대로 그보다 더 안전할 수 없는 행동이었다.

"이런 개……!"

당림이 급하게 발을 옆으로 틀었다.

진자강이 놓치지 않고 당림의 발목을 붙들었다. 그냥 붙든 게 아니었다. 뜨거운 인두로 지진 것처럼 당림의 발을 진자강의 손가락이 파고들었다.

포룡박!

진자강의 손가락은 비단신을 신은 당림의 발바닥과 복숭아뼈의 관절을 그대로 뚫었다. 거기서 그치지 않고 손에서 작열쌍린장까지 일으켰다.

당림은 머리끝이 아찔했다. 자신의 발에 구멍이 뚫리고 불까지 붙었다.

"크아아악!"

당림은 진자강을 떨쳐내기 위해 힘껏 발을 내질렀다. 진자강이 배를 맞고 공중에 떠서 서가로 날아가 처박혔다.

쿠당탕!

불붙은 서가가 무너지고 서책들이 쏟아졌다.

당림은 다친 발로 바닥을 내딛다가 발목이 접질렸다. 이미 관절이 나가서 발목이 직각으로 꺾였다.

"크악!"

당림이 비틀거리며 한 발로 앙감질을 했다. 외발로 쿵쿵거리며 뛰다가 무의식중에 옆의 서가에 손을 대고 서려 했다. 그러나 불붙은 서가를 맨손으로 잡으려다가 더 큰 고통을 느꼈다. 껍질이 벗겨져 속살이 드러난 손으로 불붙은 장작을 잡은 셈이니!

"으아아!"

한 손과 한 발을 봉쇄당한 당림은 남은 팔로 정신없이 사방에 장력을 퍼부었다.

쾅! 콰콰쾅!

진자강이 장력을 피해 안쪽으로 달아나는 모습이 보였다. 당림은 깽깽이걸음으로 진자강을 따라갔다.

"죽여 버린다…… 가만두지 않겠다!"

진자강은 수시로 나무 침을 던져 당림을 방해했다. 나무 침뿐 아니라 독분을 던지기도 했다. 독분은 그냥도 위협적이었지만 불이 붙으면 타 버려서 불꽃이 되어 시야를 가려 댔다. 진자강이 시간을 끄는 게 뻔히 보였다.

당림은 눈이 점점 침침해져 자꾸만 눈을 깜박이게 되었다. 코에선 콧물이 계속 나 숨쉬기가 더욱 곤란해졌다.

당림은 시간이 부족하다는 걸 깨닫곤 장력을 아낌없이 퍼부어 나무 침과 독분을 쳐 내면서 진자강을 따라갔다.

다행히도 장서각의 안쪽은 아직 불이 심하게 옮겨붙지 않았다. 서가들도 태반이 멀쩡했다. 대신 연기가 가득 차 시야와 호흡이 매우 불편할 뿐이었다.

마침내 장서각의 가장 구석 방까지 진자강이 몰렸다. 진자강이 구석에 몸을 웅크리고 숨은 모습이 흐릿하게 보였다. 옷을 입지 않은 맨몸인 듯했다. 진자강이 확실했다.

"쿨럭쿨럭!"

당림은 기침을 하며 눈물을 닦았다.

"더 달아날 곳이 있느냐, 이놈!"

당림은 쿵쿵대며 외발로 방 안에 진입했다. 구석에 있는 진자강의 뒷목을 잡아서 들어 올렸다.

하지만 그것은 옷이 벗겨진 무사의 시체였다.

"……."

당림은 머리가 새하얘졌다. 천천히 뒤를 돌아보았다.

진자강은 어느 틈에 뒤로 돌아가선 방 밖에 나가 무사의 옷을 걸쳐 입고 있는 중이었다.

마지막으로 허리띠를 졸라맨 진자강이 당림에게 싸늘하게 말했다.

"혹시나 절세의 비급을 찾거든, 나중에 내게도 알려 주십시오."

"네, 네 이노옴―! 쿨럭쿨럭."

진자강은 힘껏 서가를 밀어 엎어뜨렸다.

쿵! 쿠구궁! 쿵쿵쿵.

불이 덜 붙은 서가들이 연속으로 쓰러져 여러 겹으로 겹쳐졌다. 순식간에 방의 입구가 가로막혔다. 진자강은 계속해서 서가를 밀어 당림이 나올 길을 완전히 차단했다.

당림이 온 힘을 다해 오른손으로 장을 때려 보았지만 책이 날리고 서가가 와지끈 소리를 내며 부서질 뿐, 가로막힌 벽은 아직 많이 남아 있었다.

호흡이 달려서 내공도 아까처럼 끌어내지 못하는 데다 오른손으로만 때릴 수 있는지라 장력의 파괴력이 반의반 이하로 떨어졌다.

죽음을 직감한 당림이 괴성을 질렀다.

"으아아아아—!"

진자강은 자욱한 연기 속으로 사라지며 말했다.

"지옥에서 봅시다."

*   *   *

망료는 열흘 전까지는 기분이 좋았다가 지금은 싱숭생숭해져 있었다.

당청이 진자강을 장서각에 넣은 것 때문이었다. 거기서 비급을 찾아 나오라고 했다는 것이다.

"애초에 장서각 따위에 당가의 비급을 놓았다는 게 말이나 돼?"

최고의 비급은 무공 구결을 입에서 입으로 전하는 구전

이다. 그러나 당가처럼 긴 역사를 가진 무림세가는 남이 훔쳐가는 것보다 무공이 실전되거나 후대가 무능력해 제대로 익히지 못하는 것을 더 우려한다.

때문에 한 세대를 건너뛰더라도 무공을 잘못 익히거나 구결의 해석에 오해의 여지가 없도록 비급을 작성해 전수한다.

물론 그런 비급을 절대로 남들 다 보는 장서각에 두지는 않는다.

그럼에도 진자강을 장서각에 넣어 시험하는 것에는 여러 가지의 의미가 있다.

정말로 진자강을 당가의 사람으로 만들기 위해 시험해 보는 것이든지, 혹은 단순히 괴롭히는 데 취미가 있는 것이든지.

당청의 생각이 어느 쪽이든 간에 이것이 결코 쉬운 시험일 리가 없었다. 최악의 경우 진자강은 시험 중에 죽어 버릴 수도 있었다.

그러면 자신이 뭐가 되는가?

그냥 닭 쫓던 개가 되고 마는 게 아닌가!

진자강이 당가의 사람이 되는 것을 목적으로 이번 일을 꾸미긴 하였으나, 진자강이 죽는 건 원치 않았다. 아무런 안전장치 없이 위험한 시험에 들게 두고 싶지 않았다.

벌써 구 일이 지났다. 내일이 되면 어떤 식으로든 결론이 나고 만다.

망료로서는 안전장치가 필요했다. 어떤 상황이 되더라도 진자강이 살아날 수 있도록!

망료는 잠도 자지 못하고 고민을 거듭했다.

그런데…… 갑자기 왼쪽 눈이 욱신거렸다.

"으응?"

그러더니 갑작스럽게 느껴지는 소란함.

늘 적막하기만 한 당가대원에서 벌어질 수 없을 정도의 이상한 소란함이 느껴졌다.

망료는 가슴이 두근거려서 방의 창문을 열었다.

어두운 밤하늘에 연기가 꾸역꾸역 피어올라 가는 게 보였다.

그리고 타는 냄새도.

눈에서 느껴지는 아픔의 정도가 심해졌다. 하나 망료의 입이 찢어질 듯 치켜 올라갔다.

"클클클클! 클클!"

진자강이다! 놈이 또 무슨 일인가를 저질렀다!

설마, 라고 생각하지는 않았다. 진자강이라면 장서각에 불을 지르고도 남을 놈이다.

망료는 연기를 바라보다가 퍼뜩 정신을 차렸다.

지금부터 바빠져야 한다. 한시도 쉴 틈이 없다.

망료는 의복을 갖추고 바로 방을 뛰쳐나왔다. 그러곤 수

전을 만드는 장인의 공방으로 뛰어갔다. 망료의 의족을 만들었고 그 의족에 수전을 장치한 노장인의 공방이었다.

공방의 불은 하루 열두 시진 내내 꺼지지 않는다. 불을 돌보고 있던 노장인이 망료를 보고 놀라 일어섰다.

"어, 어떻게 이런 시간에⋯⋯."

"급해급해. 저번에 부탁한 거 어찌 됐나?"

"그건 아무래도 반출에 시간이 걸려서⋯⋯."

망료가 인상을 쓰며 공방을 둘러보았다. 한쪽에 멀쑥하게 생긴 노장인의 제자가 있었다.

망료는 대뜸 노장인의 제자에게 달려가 종아리를 걷어찼다.

빡!

대번에 정강이뼈가 부러지며 제자가 고꾸라졌다.

"으아악!"

"다음엔 오른발, 그리고 왼팔, 오른팔이다. 한 식경 준다. 시간이 없어. 묻지도 따지지도 말고 가져와."

"이, 이보시오! 대체 당신이 뭐라고 이런 짓을⋯⋯!"

노장인이 놀라서 외쳤지만 망료는 제자의 오른발을 걷어찼다. 다시 발이 부러지며 제자가 눈물을 흘리고 고통스러워했다.

망료가 눈을 부릅뜨고 재촉했다.

"방금은 일부러 뼈가 잘 붙게 부러뜨렸어. 한마디만 더 하면 밟아서 아예 으스러뜨릴 거야."

제자가 고통과 두려움을 못 이기고 혼절했다.

노장인은 피눈물을 삼키며 물었다.

"아, 알았소. 저, 정확하게 원하는 게 뭐요?"

"말했잖아. 무림삼존이라도 죽일 수 있는 독."

망료는 노장인의 앞에 염라패를 흔들어 보였다.

"한 식경. 늦으면 이놈 목숨은 없다."

노장인은 입술을 악물더니 더 묻지 않고 밖으로 나갔다.

한 식경이 되기 조금 전, 노장인이 땀투성이가 되어 손가락만 한 병 하나를 들고 들어왔다.

"앉아서 의족을 내주시오."

망료가 의자에 앉아 의족을 내밀었다.

"거봐, 되잖아. 할 수 있으면서 못하는 척한 거지."

노장인은 말없이 의족에 독을 주입했다. 그러곤 조심스럽게 뚜껑을 닫아 밀봉했다. 그제야 땀을 닦고 한숨을 돌렸다.

"해독약은?"

"없소. 이것은 해독약이 없는 독이오."

"독의 이름은?"

"절대황시독(絶對黃屍毒)!"

"오호라, 이름이 꽤 좋군."

"난근부혈(爛筋腐血)…… 이 독이 살갗에 스치면 근육이 썩어 문드러지고, 핏줄에 닿으면 피가 썩게 되오."

"그런 설명은 됐고."

망료가 다시 물었다.

"무림삼존, 죽일 수 있어 없어?"

"죽일 수……."

노장인이 혼절한 제자를 보았다. 다리가 부러져 비틀어질 수 없는 방향으로 늘어져 있었다.

노장인은 설움을 삼키며 대답했다.

"죽일 수 있소."

"좋아."

"원하는 걸 얻었으면 이만 가시오!"

하지만 망료는 바로 가지 않고 독을 받아 뚜껑을 열었다.

"뭐, 뭐하시는 거요?"

"한 번 속았더니 정말인지 아닌지 확인해 봐야겠더라고."

망료가 노장인의 뒷목을 붙들어 당겼다.

"하, 하지 마시오!"

망료는 노장인이 겁에 질려 소리를 지르는 데도 아랑곳하지 않고 노장인의 입에 누런 독액 한 방울을 떨어뜨렸다.

"그렇게 왜 대답을 망설여. 신뢰가 안 가잖아."

"컥! 커억!"

"하나, 둘, 셋……."

노장인은 목을 감싸고 갑자기 숫자를 세기 시작한 망료를 노려보았다. 이내 노장인의 얼굴이 울긋불긋해지더니 아래턱과 목에 구멍이 나며 피고름이 줄줄 흘러내리기 시작했다.

노장인은 공방 안쪽으로 가서 작은 갑(匣) 하나를 열쇠로 열었다.

"열, 열 하나……."

망료는 노장인이 뭘 하건 말건 입으로 숫자만 세고 있었다.

노장인이 작은 갑에서 둥그런 고리를 꺼내 손에 끼우려 했다. 그러나 제대로 손에 끼우지 못하고 손을 떨다가 고리를 떨어뜨렸다.

땡그랑.

노장인은 이미 손을 제대로 쓸 수 있는 처지가 아니었다. 노장인은 원통한 눈으로 망료와 제자를 번갈아 보더니 그대로 고꾸라져서 발버둥을 치다 죽었다.

그제야 망료의 숫자 세기가 끝났다.

"스물."

망료의 표정이 찡그려졌다.

"젠장. 이 정도로 어떻게 무림삼존을 죽여."

하지만 이젠 시간이 없고, 지금으로써는 이것이 최선이

었다. 망료는 얼굴이 거의 문드러져 녹아내리고 있는 노장인의 시체를 발로 찼다.

"내가 말했지. 이거 실패하면 다 죽는다고. 네놈은 지옥에서 내 말이 진짠지 아닌지 두고 봐야 할 게야."

망료는 노장인의 시체에 침까지 뱉었다. 그러더니 노장인이 손에 끼우려 했던 고리를 들고 공방 안을 떠났다.

그 순간 망료의 앞을 그림자 하나가 가로막았다. 전신에 검은 야행복을 입은 무사였다. 공방 쪽 지역을 순찰하고 있던 무사인 듯했다.

"지금 공방에서 무슨 소리가……."

망료는 가타부타 말도 없이 그림자의 머리를 손날로 후려쳤다. 굉장한 속도였다. 야행복을 입은 무사가 반응하는 순간 이미 머리에 손날이 박혔다.

와직!

머리통이 반으로 쪼개지며 그림자가 비틀거렸다.

"바쁘니까 비켜."

망료는 무사를 의족으로 차서 밀어 버리고 걸음을 재촉했다.

밖에서 피어오르는 연기는 아까보다 짙어졌고, 사람들의 웅성거림도 훨씬 심해지고 있었다.

　　　　＊　　　＊　　　＊

　당하란은 한참이나 방 안을 서성였다.

　당가대원 내에 알 수 없는 분위기가 감돌고 있었다.

　자기만 모르는 무언가.

　그리고 지금 상황의 전모를 모두 알고 있는 이는 다름 아닌 망료다.

　'아무래도 그를 찾아가 봐야겠어!'

　망료를 찾아간다는 건 자존심이 상하는 일이었다. 그러나 자신이 모든 임무에서 배제된 이때에 그를 통하지 않고는 아무것도 알 수 없었다.

　당하란은 방을 나왔다.

　한데 바깥 분위기가 무언가 어수선했다. 어디서 불이 난 듯 매캐하게 타는 냄새가 풍겨 왔다.

　"불이다! 불이 났어!"

　불이 났다는 외침이 사방에서 들려왔다.

　'소란스러워. 좋지 않은 기분이 들어.'

　그때 정원 쪽에서 인기척이 있었다.

　뚜걱, 뚜걱!

　그림자 하나가 당하란의 처소 쪽 정원으로 들어왔다.

　망료가 한쪽에 목발을 짚고 다른 쪽엔 보따리로 둘둘 싼 무언가를 들고 나타난 것이다.

당하란이 싸늘하게 망료를 보고 말했다.

"마침 잘 왔군."

"날 찾고 있었나?"

"단도직입적으로 묻겠어."

"아니, 그 전에."

망료가 당하란에게 보따리를 던졌다. 보따리에는 피가
묻어 있었다. 아니, 보따리뿐 아니라 망료의 몸 곳곳에도
피가 튀어 있었다. 여기저기 칼에 베인 자국도 있었다.

"당신……!"

망료가 씨익 웃었다.

"날파리들이 꼬여서."

당하란이 보따리를 열어 보았다. 보따리 안에는 팔목에
끼우기 위한 것인 듯 둥그런 고리처럼 만들어진 호완(護腕)
한쪽과 여러 개의 작은 병이 들어 있었다. 당하란은 금세
호완을 알아보았다.

"탈혼사(奪魂絲)!"

탈혼사에도 피가 묻어 있으니 누가 줘서 가져온 것은 아
니리라!

당하란이 살기를 띠고 망료를 노려보았다.

"탈혼사는 수리를 위해 맡겨 뒀던 물건으로 알고 있는데

왜 당신의 손에 있지? 당신…… 감히 본 가에서 살인에 도둑질까지 한 거야?"

"아, 이게 탈혼사라고? 노인네가 공방 안에 꼭꼭 숨겨 놓기에 집어 왔더니 생각보다 좋은 물건이었나?"

탈혼사는 당하란의 혈린편과 마찬가지로 당가의 십대기병 중 하나다. 당가에서 십대기병이라면 무림에서도 손꼽는 신병이기로 칭할 만한 물건이다.

"잘됐네. 놈에게 전해 줘."

"놈이라고?"

"독룡."

독룡이란 말에 다시금 당하란의 눈에 불길이 타올랐다.

"도대체 무슨 수작이야!"

망료는 자신이 할 말만 했다.

"그 옆에 있는 병은 요화의 해독약과 이근호심액이야. 시간이 없어서 써 놓지 않았으니 알아서 잘 구분해 먹이라고."

당하란이 혈린편을 꺼내려 했다. 망료가 손을 들어 당하란의 행동을 제지했다.

"지금 그럴 때가 아닐걸."

"뭐라고?"

화아악!

망료의 등 뒤로 멀리에서 불길이 타오르는 게 보였다. 연기도 아까보다 훨씬 심해졌다.

"지금 가지 않으면 놈은 죽어."

"……!"

"할아버지의 눈을 피해 독룡을 구할 수 있는 시간도 지금뿐이야."

"…….'

"그리고 내가 도울 수 있는 기회도 이번뿐이고. 난 이대로 떠날 거거든. 아니, 떠날 수밖에 없는 거기도 하지만."

당하란이 대답 없이 망료를 노려보기만 하자 망료가 어깨를 으쓱였다.

"싫으면 마음대로 해."

그제야 당하란이 물었다.

"당신, 정말로 원하는 게 뭐지?"

망료의 대답은 당하란이 전혀 생각하지 못했던, 뜻밖의 대답이었다.

"독룡이 행복해졌으면 좋겠어서야."

당하란은 망료의 눈을 살폈다. 그러나 망료는 진지했다.

"지, 진심이야?"

"가정을 갖고 아이도 낳아 가문에서 잘 키웠으면 좋겠어. 아, 물론 가문이 남아 있지 않으니까 이왕 당가에서 잘 데려다 썼으면 했는데……."

망료가 점점 거세지고 있는 불길을 가리켰다.

"보다시피 이런 짓을 해서. 아무리 염왕이라도 장서각을 홀랑 불태운 놈을 용서할 것 같진 않군."

"장서각을……."

만약 진자강이 장서각을 불태웠다면 아무리 염왕이 진자강을 아낀다 하더라도 절대로 용서하지 않을 것이다. 절세의 비급이 없더라도 그곳에는 당가의 역사가 있다. 당가의 역사가 전부 날아가 버리는 것이니 말이다!

"애초에 독룡을 그런 데에 넣어서 기를 죽여 보려 했던 사람이 잘못이긴 하지만. 쯧."

망료가 아쉽다는 투로 불길을 바라보다가 고개를 돌렸다.

"아무튼 그게 내 진심이야. 알겠나?"

"말도 안 되는 소리 하지 마!"

"믿지 않는다면 할 수 없지만…… 아 참, 떠나기 전에 한 가지 말해 두자면 조금 전에 이곳으로 오면서 한 비구니를 보았지. 마사…… 뭐였더라……."

"마사불?"

고의적으로 말끝을 흐렸던 망료가 웃었다.

"맞아, 마사불. 바로 그 비구니가 독룡을 찾아 헤매고 있더군."

第四章

탈출

　당청은 분노했다.

　고층 전각 위에서 내원을 내려다보며 눈을 치켜떴다. 이 번만큼은 당청도 웃을 수 없었다.

　"도를 넘었어, 도를."

　장서각이 불타며 그 위의 가업방과 봉치방의 전각들에도 불이 옮겨 붙었다. 지하가 불이 다 번질 때까지 지상에서 알지 못해 대규모 화재로 번지고 있었다.

　내원에 상주하는 인원들이 가업방과 봉치방의 중요한 서류와 집기를 꺼내 옮기고, 무사들은 너 나 할 것 없이 뛰어나와 진화에 참여했다.

아수라장.

당가대원이 아수라장이 되었다.

아마 진화가 된다 해도 상당한 타격을 입고 당분간은 당가의 사업들이 제대로 굴러가지 못하게 될 것이었다. 재화로만 따져도 족히 수십만 냥의 피해를 보게 생겼다. 복구에도 수 년이 걸릴 것이다.

그러나 더 큰 문제는 당가의 체면이 완전히 구겨졌다는 점이다.

새파란 핏덩이 한 놈에게 이만한 피해를 입었다는 것이 얼마나 부끄러운 일인가!

"감히…… 기회를 줬더니."

무엇보다 더 화가 나는 것은 진자강이 당청의 예상을 뛰어넘은 행동을 했다는 점이었다. 그것은 당청의 계산 밖이었다.

장서각에 집어넣어 놓으면 거기서 무공이든 뭐든 배워 나갈 생각을 해야지, 왜 불을 지르는가!

놈에게는 인류의 위대한 역사와 문화에 대한 일말의 존중도 없는가!

미친놈 맛 좀 보겠느냐더니 장서각에 불을 지를 거라고는 생각도 못 했다.

서생 차림의 한 명이 경공으로 전각을 뛰어올라 와 당청의 앞에 무릎을 꿇었다.

"당림 장서각주가 이각 전에 진입했으나 아직 연락이 없다고 합니다. 장서각 안에 연기가 가득하여 상황을 알아보기 어렵고, 지상의 진화에도 어려움을 겪고 있습니다."

당청이 명령했다.

"망료를 데려와."

"이 서신을 남기고 숙소에서 사라졌습니다."

당청이 신경질적으로 서신을 받아들었다.

—놈을 살려 주시오. 대신 천하를 드리지.

당청의 이마에 힘줄이 돋아났다.

"쯧, 시건방진 놈."

당청은 살기 어린 표정으로 서신을 손에서 태워 버렸다.

가만히 생각해 보니 망료의 행동을 자신이 잘못 알고 있는 점이 있는 듯했다.

뭔가가 미묘하게 신경을 거스르고 있었다.

서생이 물었다.

"염라패의 권위를 취소하는 공문을 보내고 추적대를 꾸릴까요?"

"아닌데……."

"예?"

"아냐. 아냐."

잠시 생각하던 당청이 갑자기 중얼거렸다.

"그렇군. 내가 잘못 생각했어. 독룡이 미끼가 아니었어."

"……."

"독룡이 미끼가 아니라 본래 의도였나."

당청은 입을 이리저리 이죽거리면서 기분 나쁜 표정을 지었다.

"미친놈이 독룡 하나가 아니었군."

당청이 그제야 고개를 돌리면서 서생에게 말했다.

"망료는 버러지 같은 놈이지만 배신 못 해. 잡아야 할 건 망료가 아니라 독룡이다. 망료는 내버려 두고 독룡을 잡아."

"네. 알겠습니다."

당청은 피어오르는 연기과 불길을 바라보았다.

망료는 많은 비밀을 알고 있다. 그러나 그것은 당청이 일부러 알려 준 것이다.

일견 반대편으로 넘어가 배신하면 그만일 것 같지만, 망료는 이미 여러 번 박쥐 같은 행동을 했다. 망료가 당가의 은밀한 비밀을 알고 있다는 자체가 훨씬 더 의심을 살 뿐인 것이다.

"자고로 비밀을 많이 알고 있는 놈치고 배신해서 끝이 좋았던 놈이 없지."

망료는 영리한 놈이다.

배신해서 이용만 당하다 버려지느니 자신의 목적을 이루기 위해 당청과의 약속대로 움직이는 게 낫다는 걸 안다.

때문에 망료는 그리 걱정할 필요가 없었다.

당청은 아래를 내려다보았다.

더 심각한 건 장서각과 그 위 전각들의 화재다.

불이 심해지고 있었다.

당가대원의 구조적 문제가 훤히 들여다보였다. 당가대원은 오밀조밀하게 밀집된 형태라 외부로부터의 공격에는 강하지만 안으로부터의 분란엔 취약하다. 양파가 안에서부터 썩으면 겉껍질을 전부 벗겨 내야 하는 것과 같다.

상주하는 소수의 인원만으로 이 불을 진화하는 것은 불가능하다. 진화하는 것뿐 아니라 중요 자료를 안전하게 옮겨야 하기 때문이다.

이제 굳게 닫혀 있던 내원의 문을 열 수밖에 없게 되었다.

개인적으로야 직접 뛰쳐나가 독룡을 잡고 싶은, 이 사태를 처리하는 것이 우선이었다.

망료의 요구대로 당분간은 살려 둔다. 대신 죽지 않을 정도로 괴롭혀 스스로 죽고 싶다고 빌게 만들어 줄 것이다.

당청은 기분 나쁜 표정을 감추며 명령했다.

"취연문(翠煙門)을 개방해라."

검은 옻칠이 되어 있는 내원의 거대한 대문.

당가에 대사건이 일어나지 않는 한 결코 열리지 않는 문.

일 년 내내, 사시사철을 굳게 닫혀 있어 절대로 열릴 것 같지 않았던 취연문이 열렸다.

구우우우웅.

육중한 소리와 함께 거대한 취연문이 개방되고 외원의 인력 수백 명이 내원의 화재 진화에 투입되기 시작했다.

당청이 중얼거렸다.

"그래, 그 하찮은 몸짓으로 열심히들 뛰어 보거라. 마음에 안 들면 언제든 짓눌러 죽여 줄 테니."

＊   ＊   ＊

진자강은 무사의 옷을 입고 장서각의 계단을 올랐다. 연기가 가득한 데다 정신없이 물동이를 들고 나르며 물을 뿌리느라 아무도 진자강을 의식하지 못했다.

진자강은 얼굴에 검댕을 묻히고 굴러다니는 빈 물통을 든 채 물을 떠 오는 척하며 밖으로 나왔다. 다들 얼굴이며 옷이 시커메져 있고 밤이라 진자강에게는 더 없이 유리했다.

거기다 내원이 아니라 외원에서까지 인부가 밀려들면서 더 정신이 없어졌다.

"물은!"

"북쪽 우물 개방이 아직 허락되지 않았습니다."

"우물이 부족해. 빨리 상부에 허가를 요청해!"

폐쇄적인 구조 탓에 무사들은 다른 소속 지역에 우물물을 길으러 가는 것도 쉽지 않았다. 각 지역의 각주와 원주들이 나와 통제하기 시작하면서부터 원활하게 방화수의 수급이 이루어지기 시작했다.

물론 그사이 진자강은 장서각의 입구를 지나 나올 수 있었다.

"진화 작업을 최우선적으로 하라는 명령이 떨어졌다!"

"하지만 아직 장서각주님이 나오지 않으셨습니다!"

"시키는 대로 해! 불을 못 끄면 당가대원의 반이 날아간다."

진자강은 전혀 제지받지 않고 위험 지역을 벗어났다. 무사들 말고도 수많은 당가의 식솔과 식객들이 나와서 지켜보고 있었지만 아무도 진자강을 눈여겨보지 않았다.

단 한 사람을 제외하곤.

근처에서 불이 난 모습을 지켜보고 있던 묘월이었다.

묘월은 왼쪽 눈에 안대를 한 채 혼란 덕에 평소에는 들어올 수 없는 지역까지 들어와 있었다.

그런데 불현듯 묘월의 귀에 거슬리는 소리가 들려왔다.

철그럭, 철그럭.

아주 작고 조심스러운 소리였지만 어딘가 지금의 상황에 들려야 할 소리가 아니었다.

안대 때문에 시야가 가려져 왼쪽을 보려면 고개를 돌려야 했다.

묘월이 고개를 돌렸을 때, 온몸이 불에 그슬려 시커멓게 된 채로 옆을 지나가는 무사가 보였다.

무사는 다쳤는지 다리를 절었는데 어딘가 모르게 발목의 움직임이 조심스러웠다. 길게 내린 바지 밑으로 뭔가가 불빛에 반사되어 흔들려 보였다.

철그럭, 철그럭.

"으음?"

킁킁.

묘월의 코가 씰룩였다.

무사가 지나칠 때 흘러나온 묘한 비린내.

묘월은 눈에 살기를 담곤 웃었다.

'찾았다.'

*　　　*　　　*

진자강은 소리가 나지 않도록 족쇄를 조심스럽게 끌며 복잡한 골목으로 들어섰다.

'이쪽인가.'

미로처럼 되어 있는 골목길. 외부인이 오면 일부러 뱅글뱅글 돌아서 데려가기 때문에 도저히 길을 찾을 수 없는 미로.

그러나 진자강은 이곳에 들어올 때부터 이미 수작을 부려 두었다.

길바닥이나 벽의 틈새에 개미굴이 보이면 근처에 망초의 독액을 뿌려 놓았다.

망초독은 벌레와 동물들이 모두 싫어한다. 염왕 당청을 만났을 때에도 이 망초독으로 독혈슬을 움직였던 것이다. 벽을 뜯으며 망초독을 뿌려 독혈슬이 독을 피해 당청에게로 몰려가게 했다.

마찬가지로 미로와 같은 골목길에 들어올 때에도 같은 식으로 독을 뿌려 놓았다. 자신이 가는 방향의 반대로 망초독액을 뿌려서 개미가 피해 가게 했다.

열흘이나 되었으니 혹시나 독액이 지워지지 않을까 싶었는데, 다행히도 문제가 없었다.

'개미들이 내가 온 방향으로 둥글게 열을 지어 피해 가고 있으니 제대로 가고 있군.'

진자강은 계속해서 골목을 돌면서 길을 찾아 갔다.

수화문 몇 개를 지나 거의 반 정도를 지났을 때쯤, 앞쪽에서 갑작스러운 살기가 느껴졌다.

진자강은 내색하지 않고 지나치려 했지만 멈출 수밖에 없었다. 살기가 정확히 진자강을 노리고 있기 때문이었다.

야행복을 입은 무사 한 명이 벽의 그림자 속에서 비척비척 걸어 나오더니 앞으로 쓰러졌다. 무사의 등에는 칼이 박혀 있었다.

뒤이어 묘월이 나와 무사의 등에 박힌 칼을 뽑아 들었다.

"후……."

묘월은 진자강을 쳐다보지도 않고 칼에 묻은 피를 닦지도 않았다. 고개를 떨어뜨리고 발로 시체를 툭툭 건드리며 조용히 웃을 뿐이었다.

"나무아미타불. 아무리 도망가려 해도 만나야 할 연자(緣者)는 반드시 만나게 되어 있다는 것이야. 그것이 세상이 돌아가는 원리이지."

진자강은 아무 말도 없이 묘월을 보았다. 묘월은 눈을 살짝 들어 올리며 깡마른 얼굴에 미소를 지었다.

"안 그래?"

"동의하기 어렵지만, 나를 잘도 찾긴 했군요."

묘월이 입으로는 웃으면서 이마엔 잔뜩 주름살을 만들어 기묘한 표정을 지었다.

"네놈이 온 사방에 더러운 냄새를 풍기고 다니는데 어찌 모를까?"

진자강은 고개를 끄덕여 인정했다.

"알겠습니다. 그럼 빨리 시작해 보시죠."

진자강은 더 묻지도 않고 무사가 차고 있던 칼을 뽑아 들었다.

묘월의 입술이 일그러졌다. 자신이 한 말에 전혀 관심이 없어 보이는 것이 마음에 들지 않았다.

"네놈은 내가 하찮은 졸로나 보이더냐? 어째서 내 말을 무시하는 것이지?"

"더 들어 봐야 헛소리일 텐데 들어 무엇합니까."

"이놈이…… 사람을 약 올리는 데에는 아주 타고났구나."

"이 정도로 감정을 추스르지 못하면 불제자의 자격이 없는 것 아닙니까?"

묘월이 이를 악물고 진자강을 노려보았다. 어떻게 된 놈인지 도무지 말로는 이기기가 힘들었다.

"네놈은 부처의 자비를 바라지 말지어다!"

묘월이 내공을 끌어 올리며 진자강을 향해 성큼 다가왔다. 한 걸음을 내디뎠는데 벌써 진자강의 앞에 서 있었다.

진자강은 황급히 광혈천공으로 내공을 끌어 올렸다.

"원귀가 되어 떠돌거라."

묘월이 저주의 말을 내뱉으며 불살검을 휘둘렀다.

진자강은 빠르게 옆으로 굴렀다. 족쇄 때문에 움직임이 매우 불편했다.

가가각!

벽과 바닥이 통째로 긁히며 베어졌다. 진자강이 힘껏 묘월의 발을 베었다. 묘월은 불살검으로 바닥을 짚고 몸을 거꾸로 물구나무섰다. 이어 벽을 타고 벽을 뛰면서 진자강에게 손을 뻗었다. 진자강은 묘월의 손바닥에 나무로 만든 침을 찔렀다.

와직.

나무 침은 전혀 무용지물로 부서졌다. 묘월이 손이 진자강의 팔목을 움켜쥐었다. 진자강은 금나수법을 이용해 손목으로 묘월의 손가락을 튕겨냈다.

하지만 묘월의 손가락은 마치 갈퀴처럼 진자강의 손목을 긁고 돌아갔다.

찌이익!

순식간에 손목에 세 줄기의 손톱자국이 나며 피가 송골

송골 배어 나왔다. 진자강은 반대 손에 쥔 칼로 묘월의 손목을 쳤다. 묘월도 불살검으로 진자강의 칼을 막았다.

차라락.

칼이 얽히는데 쇠사슬이 감긴 듯한 소리가 나며 불살검의 끝이 원을 그리고 돌았다.

뚝.

진자강이 든 칼이 어이없게도 너무나 쉽게 두 동강으로 부러졌다.

아미파의 검공 중 하나인 소이검(掃夷劍)이다. 번뇌를 쫓아내어 평정하게 만든다는 뜻의 검법인데, 상대의 무기를 파괴하는 기법을 담고 있었다.

진자강이 부러진 칼을 발로 차서 날리며 동시에 부러진 칼로 묘월의 어깨를 찔렀다. 묘월은 벽을 달리다 몸을 날려 허공에서 세 번을 회전했다. 동시에 불살검으로 네 번의 원을 그렸다. 원에 걸린 부러진 토막은 다시 부러졌고, 진자강이 들고 있던 칼도 계속 썰려 나가 손잡이만 남았다.

묘월이 날아들며 거푸 발로 걷어찼다.

발끝으로 진자강의 명치와 갈비뼈를 노렸다.

진자강은 양팔로 가슴을 막았다.

묘월은 발의 각도를 틀어서 발끝이 아니라 정강이로 팔을 걷어찼다.

엄밀히 각법(脚法)은 발목 아래로 차는 것을 의미하고 퇴법(腿法)은 발목 위쪽을 이용하는 것을 의미한다.

묘월이 순식간에 각법을 퇴법으로 전환한 것이다.

항마퇴(降魔腿).

묘월의 정강이에 맞은 팔뚝이 대번에 시큰거리며 뼈가 울렸다.

진자강의 팔이 벌어졌다. 묘월이 발뒤꿈치를 이용해 공중에서 진자강의 가슴을 밟았다. 허공에서 진각을 밟듯 상대를 짓밟는 태법(跆法)이었다. 진자강은 급한 김에 머리로 묘월의 무릎을 들이받았다.

묘월의 발이 아슬아슬하게 비껴가 진자강의 옆구리로 스쳐 갔다.

퍼엉!

맞지도 않았는데 파공음이 저릿할 정도로 울리며 진자강의 옷이 찢겨져 나갔다.

진자강은 족쇄를 찰그락거리며 뒷걸음질을 쳤다.

옆구리가 시큰거렸다.

"하하하!"

묘월이 호탕하게 웃으면서 불살검을 들었다.

"화엄성중의 크신 지혜 거울처럼 밝사옵고 수미사주에 사람 일을 일념으로 살피시며, 이 가련한 중생을 갓난아이처럼 보살피시느니라."

불살검이 진자강을 노리고 날아들었다. 얼핏 단순한 일검이다. 하지만 끝이 미세하게 흔들리고 있었다. 팔이 떨리는 게 아니라 진자강의 움직임에 언제든지 대응하도록 움직이는 것이다!

진자강은 독분을 뿌렸다. 불살검의 끝이 더욱 진동했다. 눈에 띄게 흔들리며 소용돌이를 그렸다. 독분은 고스란히 날려졌다. 진자강은 계속해서 뒤로 밀렸다.

묘월과 진자강의, 아니 불살검과 진자강의 거리가 점점 더 가까워졌다. 불살검에 내공이 주입되며 시커먼 딱지가 갈라져 안에 핏빛 속살들이 드러났다.

핏.

진자강의 볼에 상처가 났다. 아직 몇 걸음이나 떨어져 있는데도 불살검의 검기가 볼에 상처를 냈다.

피핏.

어깨를 베이고 다리를 베였다. 그러나 치명적이진 않았다. 아주 살짝살짝 아이를 건드리듯 가지고 노는 것이다.

하나 살짝씩 베인 상처에서 갑작스레 지독한 격통이 느껴졌다.

"으윽!"

불살검이 가진 자체의 독기가 상처에 스며들어서다. 상

처가 난 볼이 화끈거리다 못해 그 위의 눈까지 먹먹해질 정
도로 충격이 왔다. 어깨와 다리는 맨살이 한 움큼씩 떨어져
나간 것처럼 얼얼했다.

진자강은 비척거리면서 밀려나다가 벽을 등에 졌다.

"하하하하!"

불살검의 움직임이 빨라졌다. 진자강의 앞에서 수십 개
로 갈라졌다.

피피피핏!

벽에 무수한 구멍이 뚫렸다. 불살검이 진자강의 전신을
거의 스치듯이 지나가 벽에 구멍을 뚫고 있었다.

자잘한 검상이 전신에 생겨났다. 삽시간에 진자강의 몸
은 피에 물들었다.

그러나 출혈보다도 고통이 더 심했다.

"으아아악!"

진자강은 이를 악물었으나 잇새로 비명이 새어 나왔다.
팔다리가 덜덜 떨렸다.

실로 고약한 수법이 아닐 수 없었다. 묘월은 불살검의 독
성을 이용해 진자강에게 고문하듯 고통을 주고 있는 것이
다.

진자강은 대응할 생각도 하지 않고 어금니를 꽉 깨문 채
마사불을 노려보았다. 마음껏 해 보라는 투의 도전적인 몸

짓이었다.

마사불의 외눈이 희번덕거렸다.

"객기를!"

그 순간 진자강이 오른손을 치켜들었다. 묘월은 안대를 하고 있어 왼쪽 눈이 보이지 않는다. 순간적으로 시야에서 진자강의 오른손이 사라져 보이지 않았다.

묘월은 황급히 왼쪽으로 고개를 돌렸다.

'없다?'

진자강의 손에는 아무것도 없었다.

대신 묘월의 등에 벼락이 떨어졌다.

짜악!

소리를 들었지만 피할 길이 없었다. 승복과 살이 동시에 터져 나갔다. 승복은 갈기갈기 찢어졌고 살은 뼈가 보일 정도로 패었다.

"칵!"

묘월은 몸을 뒤틀면서 뒤로 검을 휘둘렀다. 매서운 검기가 날아갔다.

당하란이 한 걸음을 물러나며 허리를 뒤로 뉘여 검기를 피했다. 그러면서 힐린편을 당겼다가 다시 날렸다.

묘월이 옆으로 미끄러지듯 이동했다.

따악!

힐린편이 마사불이 서 있던 바닥을 쳤다. 내공을 한껏 담아서 바닥이 푹 패고 반석이 깨져 나갔다.

당하란은 힐린편으로 묘월이 함부로 움직이지 못하도록 견제하며 진자강에게 작은 보따리를 던져 주었다.

"여의선랑의 해독약이 들어 있어."

진자강은 보따리를 받고 당하란을 쳐다보았다. 당하란이 고개를 끄덕였다.

"달아나."

진자강은 아무 말도 없이 당하란을 보았다.

묘월이 둘의 모습을 보더니 분개했다.

"오호라, 보아하니 사파 놈과 정을 통하고 가문까지 배반하였구나! 이 음탕하고 요망한 계집!"

당하란은 수치와 분노로 얼굴이 새빨개졌다.

"내가 당신에게 그런 말을 들을 이유가 없어!"

"그럼 악적 놈과 함께 죽어라, 남자에 눈이 먼 색광 계집아!"

묘월은 눈이 뒤집혀서 당하란에게 달려들었다. 진자강을 상대할 때보다 더 기세가 악랄했다. 불살검에서 검기가 한 자나 뻗어 나와 공기를 갈랐다.

당하란은 보법을 밟으면서 힐린편을 날렸다. 허공에서 묘월의 검기와 힐린편이 마주쳤다.

카각!

불살검의 검기가 바스러졌다. 괜히 힐린편이 신병이기로 불리는 게 아니라는 걸 증명하는 듯했다.

진자강은 당하란을 도우려고 했지만 당하란은 오히려 진자강의 진로를 막아 스스로 방해했다.

"달아나라고!"

"내가 달아나면……."

진자강이 물었다.

"당 소저는 어떻게 됩니까?"

"나는…… 어차피 글렀어. 그러니까 달아나라고!"

"어디 본니를 두고 앞에서 정담을 주고받느냐!"

묘월이 사납게 달려들었다. 묘월은 허공으로 뛰어올라 불살검의 검기를 암기처럼 쏘아 냈다.

짜라락!

빗살처럼 검기가 쏟아졌다.

진자강과 당하란은 급히 몸을 피했다. 바닥에 화살이 박히듯 푹푹 구멍이 뚫렸다. 그사이 묘월은 진자강이 달아나야 할 길목을 점유하고 막아섰다.

당하란은 입술을 깨물고 내공을 한껏 끌어 올렸다. 옷이 부풀었다가 가라앉았다.

연속으로 힐린편을 날려 묘월을 몰아붙였다. 당하란이

재능이 있다 하더라도 묘월은 내공이나 연륜에서 훨씬 더 앞선다. 묘월은 밀리지 않고 오히려 앞으로 걸어오며 당하란을 압박했다.

당하란이 힐린편을 날리며 왼손으로 작은 단도를 뽑아 던졌다.

진자강에게 보여 준 바 있었던 암기술 섬절이다.

빠르게 날아간 단도가 갑자기 사라지며 묘월의 눈앞에서 나타났다. 묘월은 불살검의 검면으로 단도를 막았다.

카창!

단도가 튕겨 나 떨어졌다.

그때에 당하란은 힐린편을 휘둘러 불살검을 휘감았다. 내공을 주입해 비늘을 세웠다. 묘월의 검이 힐린편에 걸렸다.

카르륵, 카칵.

불살검과 힐린편의 비늘이 부딪치며 불꽃이 튀었다.

당하란이 이를 악물고 말했다.

"복수도 아무것도 필요 없어! 이건 내 선택이니까. 나는 잠깐 당신의 삶에 끼어든 원수 가문의 핏줄이고, 당신은 그냥 지금껏 해 왔던 대로 당신의 길을 가면 될 뿐인 거야. 알았어? 그러니까 빨리 가!"

묘월이 소리를 질렀다.

"그만하라고 했지!"

묘월이 힘껏 불살검을 당겼다. 당하란이 묘월에게로 질
질 끌려갔다.

진자강은 보따리를 품에 넣고 묘월에게로 달려갔다. 묘
월이 진각을 밟으면서 검을 쥔 팔을 당겨 단단히 자세를 지
탱한 후, 왼손으로 장을 날렸다.

진자강은 몸을 낮추며 미끄러지듯 묘월의 다리로 파고들
었다. 그러곤 묘월의 왼쪽 방향으로 돌았다. 묘월의 고개가
진자강을 따라 돌았다.

"이 미꾸라지 같은 놈이!"

묘월이 발을 들어서 짓밟았다. 진자강은 바닥을 기어 다
니다시피 하며 묘월의 사각지대로 계속 돌았다.

족쇄 때문에 움직임이 불편했지만, 묘월 역시 가까이에
서 도는 진자강을 보는 것이 불편했다.

조금 전 진자강은 묘월이 아직 외눈으로 보는 법에 적응
하지 못했다는 걸 알았다. 하여 더욱 집요하게 사각지대만
을 노렸다.

진자강은 당하란이 던진 단도를 주워 새끼손가락의 소택
혈을 긋고, 묘월이 시선이 따라오지 못할 때에 바로 묘월의
종아리를 베었다.

묘월이 격분하며 진자강을 걷어찼다. 진자강은 팔꿈치로

막았으나 묘월의 발끝이 갈빗대에 먼저 파고들었다. 진자강은 몸이 떠서 삼 장이나 나가떨어졌다.

진자강은 울컥 피를 토했다. 충격을 제대로 분산하지 못해 갈빗대가 나간 듯했다.

묘월이 진자강에게 걸어가려 하자 당하란이 진자강의 위기를 보고 끌려오던 힘을 이용해서 묘월에게 날아들었다. 힐린편으로 묘월의 목을 감으려 했다.

묘월은 되려 검으로 힐린편을 둘둘 말아서 바닥에 불살검을 꽂아 버렸다. 불살검의 검신이 반이나 바닥에 박혔다. 하지만 힐린편도 고스란히 봉쇄되었다.

"달아나라고!"

당하란이 힘껏 주먹을 펼쳤다. 내공이 실린 주먹이 묘월의 전면에서 펑펑 터졌다.

당가의 권법인 천리권(天理拳)이 묘월을 정신없게 만들었다.

"어딜!"

묘월이 당하란의 권영 안으로 손을 쑥 집어넣어 당하란의 손목을 대뜸 낚아챘다.

그런데 순간 묘월의 몸이 굳었다.

"앗!"

진자강이 상처를 낸 묘월의 종아리에 순간적으로 쥐가

났다. 진자강이 망초의 독을 쓴 것이다.

당하란이 한 손이 잡힌 채 다른 손으로 묘월의 어깨와 가슴을 연속으로 두드렸다.

퍼퍼퍽!

하나 묘월은 미동도 않았다.

당하란이 비명처럼 소리를 질렀다.

"가라고!"

진자강은 다시 피를 뿜어냈다. 숨을 쉬기 곤란한 걸 보니 허파가 갈비뼈에 찔린 듯했다.

"나는 당가의 직계야! 마사불은 이곳에서 나를 죽일 수 없어! 당신이 있으면 방해만 돼!"

당하란의 외침은 거의 절규에 가까웠다.

진자강은 얼굴을 굳히고 당하란을 보다가 몸을 일으켜 달아났다.

당하란의 얼굴에 그제야 안도가 배었다. 당하란은 살짝 미소를 머금으며 진자강이 달아나는 모습을 지켜보았다.

'잘 가…….'

하지만 묘월이 가만히 있을 리 없었다. 묘월은 그대로 당하란을 들어 바닥에 내팽개쳤다.

쾅!

당하란은 숨이 막혀서 눈을 크게 떴다.

"컥!"

묘월이 당하란의 등에 발을 올렸다.

"더러운 것. 죽어 버려."

묘월이 발에 힘을 주었다.

뚜둑, 뚜둑.

당하란의 등뼈와 늑골에서 불쾌한 소리가 나기 시작했다.

"크흑."

당하란이 바람 빠지는 신음 소리를 냈다. 묘월에게 사람 하나 발로 눌러 죽이는 건 어려운 일이 아니다. 당하란의 몸이 바들바들 떨렸다. 더 이상 버틸 수가 없었다.

"뭐? 당가의 직계라 죽일 수 없을 거라고? 내가 너를 죽여 버린다 해도 누가 알지? 너같이 남자에 눈이 먼 계집은 세상에서 없어져야 해!"

그런데 그때, 허공에서 인은 사태가 내려왔다. 그것은 뛰어내리는 속도보다는 훨씬 느렸다. 마치 걸어서 계단을 내려오는 것과 비슷했다.

나풀거리는 나비처럼 가볍게 담 위에서 내려앉은 인은 사태가 당하란을 보고 말했다.

"가련하게도. 비운의 신부가 되었구나."

"흥. 가련하다니. 남자에 눈뜬 천한 계집인 것을!"

"그만하세요, 사자. 그녀를 죽일 순 없어요."

아미파의 장문인 인은 사태였다. 하지만 이미 눈이 돌아가 있는 묘월은 인은 사태의 말을 듣지 않았다.

"이년은 죽어야 해! 남자 때문에 가문도 사문도 내버린 년!"

"안 돼요. 하란 소저는 살아 있어야 합니다."

"왜! 왜! 왜!"

묘월이 발에 더 힘을 주었다. 당하란의 눈에 죽음의 빛이 감돌기 시작했다.

인은 사태가 묘월을 빤히 바라보며 말했다.

"이 정도로 충분하다고 했어요. 내 말을 듣지 않겠다는 겁니까?"

"장문! 이년은 살 자격이 없어! 죽어야 해! 개 같은 년."

으드득, 으득.

당하란의 등에서 껄끄러운 소리가 나며 입술을 비집고 빨간 피가 흘러나오기 시작했다.

"사자."

인은 사태는 표정을 굳히고 하얀 손을 치켜들었다.

묘월이 흠칫 놀랐다.

짜악!

인은 사태가 묘월의 뺨을 때렸다.

"큭!"

묘월은 목이 돌아가며 비틀거렸다. 묘월의 눈이 휘둥그레졌다.

인은 사태가 계속해서 손을 휘둘렀다.

짜악! 짝! 짝!

묘월의 깡마른 얼굴의 광대와 볼이 순식간에 부어오르고 입술이 터졌다. 묘월은 제대로 서지도 못하고 휘청거리다 무릎을 꿇었다.

"크윽…… 미, 미안해. 장문 사매……."

인은 사태는 소매에서 흰 천을 꺼내 손을 닦으며 슬픈 표정을 지었다.

"제발 아미산 밖으로 나와서 이런 일 없게 해 주어요. 우리 사자, 내 말 알아듣지 못할 정도로 모자란 사람 아니잖아요? 다른 사람들이 우리 아미를 어떻게 생각하겠어요."

묘월이 고개를 숙이고 사과했다.

"내가 잘못했어, 장문 사매."

인은 사태는 아까의 부드러운 목소리로 다시 말했다.

"일어서세요, 사자."

묘월이 일어나다가 다시 휘청댔다. 따귀 몇 대를 맞았을 뿐인데 천하의 마사불이 아직까지 회복을 못 하고 있는 것이다.

인은 사태가 말했다.

"당가에도 이 상황을 책임질 사람이 필요합니다. 지금
그녀를 죽여 버리면 책임질 사람이 없게 돼요. 그러면 우리
가 당가에 빚을 지게 됩니다."

"하지만, 그럴 거면 나를 왜 데리고 온 거지?"

인은 사태가 담담히 물었다.

"말해 봐요, 사자. 누가 사자를 이리로 보냈지요?"

"그건……."

망료다. 망료가 독룡이 달아난 것 같다고 말해 주었다.

"망료…… 그 사람."

묘월은 터진 입술의 피를 닦으며 말했다.

"장문 사매. 이년을 죽여야 독룡에게도 나와 망료 시주
가 겪은 고통의 대가를 치르게 할 수 있어."

인은 사태가 고개를 저었다.

"그것은 망 대인의 의도를 정반대로 오해한 거예요."

"뭐?"

"그는 염왕을 믿지 않았고, 독룡을 지키기 위해서는 무
엇이든 하려 했지요. 독룡이 장서각에 불을 지르지 않았다
면 사자를 부추겨 장서각을 뚫고 들어가게 했을 거예요."

으드드득.

그 말에 묘월이 이를 갈았다.

"나를 이용하려 했다고? 하지만 그 사람은 내가 독룡을 만나면 죽일 거라는 것도 알고 있었을 텐데?"

"여기 당 소저가 독룡을 구할 거라는 것도 알고 있었겠지요."

인은 사태가 묘월의 발밑에 깔린 당하란에게 물었다.

"그대를 이리로 오게 한 건 누구일까? 내가 한번 맞춰 보겠네."

당하란은 대답할 수 없었다.

인은 사태가 고소를 지으며 말했다.

"망료 대인."

당하란은 가슴이 뜨끔했다. 망료의 수작에 넘어갔다.

그러나 후회하진 않았다. 그때 망설였다면 묘월로부터 진자강을 구하지 못했을 것이다.

당하란은 대답 대신 어금니를 꽉 물고 인은 사태를 노려보았다.

"본…… 가에서 소동을 일으킨 죄, 가볍지 않습니다…… 지금이라도 사죄하고 물러서는 게…… 좋을 겁니다."

인은 사태가 슬픈 눈을 했다.

"저런…… 이 아이는 아직도 자신의 처지를 이해하지 못하고 있네. 독룡은 눈치가 빨라서 나를 보자마자 바로 달아났는데, 어찌하여 너는 미련하게 스스로의 운명조차 외면하는 거니?"

인은 사태가 고개를 살짝이 저었다.

"다시 한 번 말해 주마. 너는 이제 가문에서 축출될 거란다. 독룡은……."

당하란은 사실 앞으로 자신이 어찌 될지 알고 있었다. 그러나 지금 이 순간만큼은 독룡에 대해 말하는 인은 사태의 말에 더 귀를 기울이고 있었다.

"독룡은 차라리 잡히는 게 가장 좋아. 만일 그가 달아나는 데 성공한다면 청성파에는 최악의 상황이 벌어질 거야. 걷잡을 수 없는 일이 벌어지겠지. 가엾게도……."

묘월이 눈을 빛내며 끼어들었다.

"그럼 내가 뒤쫓아 가겠어. 가서 놈의 사지를 부러뜨리고 질질 끌고 오겠어!"

"후."

인은 사태가 한숨을 쉬더니 묘월을 쳐다보았다.

"아니요, 사자. 이 정도로 충분해요. 우리는 오히려 후자의 상황이 벌어지기를 기다리고 있는데 독룡을 잡아 오면 어쩌겠다는 거예요?"

당하란은 눈을 크게 뜨고 입술을 악물었다. 손이 부들부들 떨렸다.

"도대체…… 아미는 어디까지 개입하려는…… 거죠?"

인은 사태가 말없이 눈을 초승달처럼 가늘게 떠서 웃었다. 자비롭고 온화한 웃음이었다.

그러나 방금까지 인은 사태를 본 당하란은 인은 사태의 웃음 뒤에 숨은 잔인함과 사특함을 볼 수 있었다.

"잠시 자고 있거라. 그리고, 독룡을 살리고 싶으면 입을 다물고 있어야 한다는 걸 명심하려무나."

인은 사태의 가벼운 손짓에 당하란의 혼혈이 점혈되었다. 당하란은 천근보다 무거워지는 눈꺼풀을 버티지 못하고 정신을 잃었다.

* * *

장서각에서 일어난 불은 만 하루를 지나서야 겨우 진화되었다.

장서각의 위에 세워졌던 다섯 개의 전각과 네 개의 장원 중 반이 불탄 뒤였다.

당가에 충격과 혼란을 가져온 최악의 화재였다.

인명 피해도 만만치 않았다.

수십 명이 부상을 입었고 스무 명 가까이가 사망했다.

심지어 사망자의 대다수는 화재가 아니라 살해당한 것이

었고, 장서각주 당림까지 포함되어 있어서 더욱 심리적인 공황을 크게 만들었다.

물론 모조리 타서 숯이 되어 버린 장서각을 전부 뒤져도 진자강의 시체는 나오지 않았다.

당가에서는 즉시 사방으로 추적대를 보냈다. 각기 여섯 명으로 이루어진 다섯 개의 조였다.

*　　　*　　　*

"워낙 불길이 컸기 때문에 아무리 입단속을 하려 해도 이미 강호에 다 알려졌을 겝니다."

당하란의 고모할머니.

대외적으로 당가의 가주인 이화부인(李花婦人) 당귀옥이 당청에게 말했다.

당귀옥은 당청처럼 왜소한 체구인데 다리를 못 써서 바퀴가 달린 작은 의자에 앉아 있었다. 나이가 일흔으로 당청보다 열 살이나 어린데도 오히려 훨씬 더 늙어 보였다.

당청은 방을 서성거리면서 좋지 않은 심기를 그대로 내보이고 있었다. 오가면서 탁자에 있는 호두를 손으로 부숴서 으적으적 씹어 댔다.

"오라버니가 결정을 미루는 모습을 오랜만에 보는군요."

"내가 안 그러게 생겼느냐?"

당청이 당귀옥에게 핀잔을 주었다. 당귀옥이 쭈글쭈글한 얼굴로 웃었다.

"흘흘흘, 그럼 이 동생이 오랜만에 오라버니 대신 욕을 먹어 볼까요?"

"내가 욕을 먹기 싫어서 그런 것 같아?"

"그럼 뭘까요?"

"아까워서 그러는 거다. 놈은 하란이가 반해서 넘어갈 정도의 야생성을 가진 짐승이었어. 잘만 길들이면 거물이 될 수 있었는데."

당청이 말을 하다가 스스로의 감정을 못 이기고 소리를 질렀다.

"그런데 이 새끼, 도를 지나쳐도 너무 지나쳤어! 내가 감당이 안 될 정도로 사고를 치면, 나도 어쩔 수 없잖아!"

콰드드득.

손에 쥔 호두가 으스러져서 가루가 되어 떨어졌다.

당귀옥이 웃었다.

"흘흘, 세상엔 길들여지지 않는 야생 동물도 있는 법이죠. 야생성이 사라지지 않으니까 그것들은 내내 야생동물로 남을 수 있는 것이지요."

"용서가 안 돼. 용서를 못 하겠어. 특히나 하란이 이것!"

"망료란 작자가 꾸민 짓 아닙니까. 직접 본 적은 없지만 고약한 심보를 가진 늙은이인가 봅니다. 위험한 일은 하란이의 손에 쥐여 주고 자기는 슬쩍 내뺐군요."

"그러니까 그게 더 문제라는 게다! 멍청하게 그딴 짓에 넘어가? 어디 당가의 핏줄이 그딴 수작에 넘어간단 말이냐!"

"오라버니가 하란이를 아낀 건 잘 압니다. 막내 조카 내외가 죽고 나서 나도 아꼈던 아이예요. 그러나 이런 상황에서는 어쩔 수 없지요. 흘흘흘."

"내 독룡과의 혼담 자리에 양부까지 데려와 제 면을 세워 주었거늘, 녀석이 어떻게 감히 내게 이럴 수 있어!"

당청이 거친 숨을 고르면서 물었다.

"하란이의 처분은 어찌하면 좋겠느냐. 가문 내의 예법과 규율은 네가 더 잘 알고 있으니, 네 생각을 들어 보자."

당귀옥이 기다렸다는 듯 대답했다.

"가문을 배신하고 할아버지의 뜻을 거슬러 독룡을 탈출시킨 죄, 가문의 보물인 탈혼사를 타인에게 넘겨준 죄로 지하 절옥(折獄)에 가둡니다. 또한 사내에게 마음을 주어 스스로를 다스리지 못하였으니 독룡을 잡아 올 때까지 봉관하피를 벗지 못하게 하여 죄를 뉘우치도록 함이 옳겠습니다."

진자강이 스스로의 힘으로 당가대원을 탈출했다는 것이 세상에 알려지면 당가의 체면은 이루 말할 수 없이 구겨지고 만다.

　그러니 당하란에게 모든 죄를 뒤집어씌워야 당가의 체면이 다소나마 유지될 수 있었다.

　"가문을 위한 일이니 하란이도 달게 벌을 받을 것입니다. 가문을 위해 희생하는 것은 당가의 핏줄로서 당연히 행해야 할 책무이지요."

　"좋다. 그리 진행하도록 하거라."

　당귀옥이 고개를 끄덕이더니 문득 생각난 듯 물었다.

　"그 야생 짐승 같은 아이에 대해서는 아직 소식이 없습니까?"

　"아직 못 찾았다. 하지만 놈은 절대로 추적대를 피할 수 없을 것이야. 오늘 아침 그 두 배의 인원을 다시 보냈으니까."

　당청은 으득 이를 갈면서 눈에 살기를 일으켰다.

　잡힌다면 살려는 주겠지만, 어떤 꼴로 만들지는 자신도 장담할 수가 없었다.

*　　*　　*

　당하란은 당가대원의 바깥 외원 지하 절옥에 갇혔다.

단순한 가택 연금이 아니라 취연문 밖 외원의 절옥에까
지 내몰렸다는 것은 거의 당가에서 쫓겨난 신세라는 것을
의미했다.

거기에 단순히 갇히는 것을 넘어서서 강제로 봉관을 쓰
고 혼례복까지 입어야 했다.

"너는 가문을 배신하였으니 혼례복을 입고 칼을 쓴 채,
차가운 감옥에서 네 신랑을 기다리도록 하여라."

고모할머니의 냉정한 한마디에 의해 당하란은 한마디도
대꾸하지 못하고 처분을 따르고 말았다.

대꾸할 마음도 없었다. 그래 봐야 달라지는 건 없을 터이
고, 인은 사태의 말처럼 진자강을 살리려면 자신이 입을 닫
고 있는 게 훨씬 유리한 때문이었다.

그러나 말을 하지 않는다고 해도 혼례복을 입고 감옥에
앉아 있는 꼴이 처량할 수밖에 없었다.

당하란은 가슴이 무너질 것 같았다.

이 지경이 되었지만 진자강이 자신을 두고 간 것에 대해
서는 섭섭하지 않았다. 오히려 잡혀 오지 않기를 바랐다.

하지만 그렇게 되면 당하란은 죽을 때까지 이 혼례복을
벗을 수 없게 될 것이다. 가문의 배신자, 역적으로 봉관을
쓰고 살다가 죽게 될 터였다.

당하란이 꿈꿔 왔던 혼인은, 방심을 설레게 했던 남자와

의 미래는 이제 아무것도 아닌 물거품이 되고 말았다. 더불어 자신의 장래까지도 모두.

"윽."

당하란은 억지로 이를 악물고 참았지만 눈물이 흘러내렸다.

"으윽, 윽."

무릎을 꿇고선 머리에는 화려하고 무거운 관을 쓰고 목에는 묵직한 나무 칼을 찼으며, 손은 읍을 하는 모양새로 비단 천을 감아 가슴께에 둔 채 빨간 혼례복의 옷자락을 바닥에 늘어뜨리고 있다.

죄인이며 동시에 신부.

인은 사태가 말한 대로 당하란은 비운의 신부가 되고 말았다.

"으흑."

설움이 복받쳐 와 자꾸만 눈물이 나왔다.

"흐윽, 흑!"

당하란은 어금니를 꽉 깨물었지만 울음은 그쳐지지 않는다.

스산한 감옥 안에 당하란이 흐느끼는 소리가 조용히 울려 퍼졌다.

*　　*　　*

당가의 추적대는 쉬지 않고 당가대원의 인근과 사천 성도의 곳곳을 모두 훑었다.

화재 당시 취연문을 열었던 탓에 수많은 사람이 오갔지만 어느 정도의 흔적은 남을 수밖에 없었다.

특히나 진자강은 다리를 절었고, 다리에는 족쇄까지도 찼다.

때문에 취연문을 통해 밖으로 나간 것을 거의 확실하게 찾아낼 수 있었다. 내원의 복잡한 골목길을 어떻게 빠져나 갔는지는 모르나 분명히 빠져나갔다.

외원으로 하여 여러 집에 숨어들었다가 짐수레를 타고 밖으로 나간 것까지 확인됐다.

그러나 그 이후의 행적이 묘연했다.

몇 개의 추적대는 진자강이 사람이 많은 곳에 숨어들었을 거라 생각하고 성도를 찾았고, 다른 추적대는 사람이 가지 않을 만한 외진 곳을 뒤졌다.

일 차, 이 차 마침내는 삼 차까지 추적대가 출발하여 거대한 망을 형성하고 훑어 나갔다.

청성파로 향하는 길목은 애초에 차단되었으니 그쪽으로 갔을 가능성은 전혀 없었다.

그럼에도 여전히 진자강은 발견되지 않았다.

第五章

지하절옥(地下折獄)

　당가대원이 불탔다는 소식이 강호에 퍼졌다.

　강호의 호사가들은 간만에 들려온 당가의 소식에 흥분했
다.

　그리고 그 사건의 이면에 독룡이 끼어 있다는 사실에 더
욱 놀라워했다.

　운남 독문을 평정할 때만 해도 진자강은 그리 이목을 끌
지 못했다. 운남 무림 자체가 너무 생소하고 낮은 평가를
받고 있던 탓이다.

　그러나 영봉과 묵룡을 잡고 나서, 그리고 마사불까지 물
리친 이후부터는 그 이름값이 급속도로 뛰기 시작했다.

그리고 심지어 당가의 직계가 진자강에게 반해 잡아 온 진자강을 풀어 주기까지 했다고 한다. 그 와중에 당가의 장서각이 불타 버리는 대사건까지 벌어진 것이다.

이제 진자강은 호사가들의 안줏감이 되기에 충분했다.

무공이 얼마나 강한지, 어디의 진전을 이었는지, 어떤 수법을 쓰는지 많은 이들의 관심이 끌렸다.

그중에서도 가장 확실하게 밝혀진 것은 바로 진자강의 성격이었다.

독종.

상대를 죽이기 위해서라면 수단과 방법을 가리지 않는 독종.

독룡이라는 별호가 우연찮게 너무도 어울린다고 생각될 정도의 독종이라는 소문이 퍼졌다.

어쩌면 역대 최강의 후기지수일지도 모른다는 말까지 나왔다.

청성산에도 진자강에 대한 소식이 도착했다.

"……!"

편복은 입을 다물지 못했다.

진자강의 소식을 들고 온 운정도 자기가 말해 놓고 여전히 믿어지지 않는 얼굴이었다.

"그, 그, 그…… 다, 다, 당가의 장서각을 홀랑 불, 불태
웠다고?"

편복은 자기 일이 아닌데도 식은땀을 다 흘렸다.

강호에서 가장 원한을 쌓으면 안 될 자들 중의 하나로 꼽
히는 게 당가였다. 몇 배로든 몇십 배로든 원한을 잊지 않
고 철저하게 복수하기 때문이었다. 그런데 그 당가에 그런
짓을 저질렀으니 이제 진자강은 살아남긴 글렀다고 봐야
했다.

"네, 그렇다고 합니다."

"미, 미쳤구만. 미쳤어!"

운정이 소리를 쳤다.

"미치다뇨. 마중을 나가야죠!"

"뭐?"

"청성산까지 오기 전에 잡히면 독룡 도우가 죽을 겁니
다!"

편복도 소리를 쳤다.

"독룡이 여기로 오면 우리가 다 죽어!"

"네……?"

운정은 멍해졌다가 화를 냈다.

"지금 우리 청성을 무시하는 겁니까?"

"청성파는 멀쩡하겠지! 그런데 그 밖에 있는 우리는?"

운정이 조금 주눅 들었다.

"우리 사부님께서 여기까지는 보호해 주신다고 하셨는데……."

"당가 애들 눈이 돌아갔는데 과연 조용히 넘어갈까? 우리가 여기 평생 살 수 있을 것도 아니고."

편복은 안절부절못했다.

"독룡이 오기 전에 달아나든가, 독룡을 잡아서 넘기기 전에는……."

"으엑! 그럴 순 없죠!"

그때 소소가 달려오더니 편복의 정강이를 힘껏 발로 찼다. 편복이 바닥을 굴렀다.

"으가각! 너 지금 뭐하는 거냐! 나은 지 얼마 되지도 않은 다리라고!"

"아으어어! 어으아!"

소소는 얼굴이 빨개져서 화를 내더니 씩씩대며 돌아갔다.

"아오오, 소소 저것 이제 좀 컸다고 눈부터 부라리는 거 보소."

편복이 일으켜달라는 눈빛으로 운정을 쳐다보았는데 운정도 고개를 저었다.

"제가 원래 이런 말을 하는 사람이 아닌데요. 노사님은 방금 하신 말 때문에 맞아도 쌉니다."

"어허, 운정 도사까지 나한테 이럴 거야? 우리 이런 사이 아니잖아."

운정이 투덜대면서 편복을 일으켜 주었다. 편복이 눈을 째릿하게 뜨고 운정을 노려보았다.

"그나저나 운정 도사는 왜 요즘에 무공 수련 안 해?"

"네? 갑자기 왜요."

"당가가 우리 죽이러 오면 제일 먼저 막아 줘야지. 너무 나태해진 거 아냐? 맨날 늦잠 자고 먹고 자고 놀잖아."

운정이 머쓱해했다.

"언제 또 이런 날이 올까 싶어서요. 헤헤…… 사부님께 돌아가면 어차피 하게 될 텐데 이럴 때라도 쉬어야지요."

"쯧. 아직 정신을 못 차렸구먼? 안 되겠어. 오늘부터는 내가 감시해서 수련 안 하면 복천 도장께 일러야지."

"으아앗! 치사합니다!"

운정이 알았다는 듯 끙 소리를 내더니, 은근슬쩍 말했다.

"저…… 수련은 내일부터 하고 오늘은 주사위 놀음 하던 거 한 번 더 하시지요. 어젠 제가 이겼잖아요. 복수하셔야죠."

"허어, 우리 운정 도사 이제 너스레가 많이 늘었어. 아주 사람 뺨을 치고 어르고."

편복이 '흠흠' 하고 헛기침을 하며 멋쩍게 웃었다.

"그럼 그럴까? 당가가 오면 도망갈 때 가더라도 승부는 내고 가야지."

"속임수 쓰기 없기입니다!"

"내공 쓰기 없기."

＊　　＊　　＊

장서각의 화재가 마무리된 지 닷새가 지났다.

당가는 가용 자원을 전부 동원하여 진자강을 찾기에 나섰지만 진자강의 행적은 여전히 묘연했다. 청성산으로도 가지 않았고 어디에 있는지도 밝혀지지 않았다.

진자강이 발견되지 않았기 때문에 당하란은 지하 절옥에 여전히 갇혀 있었다.

당하란은 혼례복을 입고 목에는 칼을 찼으며, 봉관까지 쓰고선 꿇어앉은 채였다. 울다가 지쳐도 이를 악물고 자세를 바꾸지 않았다. 온갖 보석으로 치장된 무거운 봉관의 무게 때문에 목은 한참 전부터 아팠고 차가운 돌바닥에 닿은 무릎은 감각조차 없었다.

묘월에게 입은 내상도 그냥 내버려 두었다. 운기조식도 하지 않고 상태가 나빠지게 방치했다.

닷새 동안 물 한 모금도 입에 대지 않았다. 매 끼니 밥이

들어오지만 먹지 않아서 당하란의 뺨은 홀쭉해졌고 검어진 눈 주위는 푹 들어가 있었다. 윤기가 나던 피부는 푸석푸석해졌고 눈빛에서도 생기가 사라져 있었다.

그냥 이대로 죽었으면.

그래서 진자강이 잡혀 오게 되더라도 그의 모습을 보지 않았으면.

당하란은 진자강의 생각이 나자 눈물이 고였다.

끼이익.

여느 때처럼 끼니때가 되자 쇠창살의 아래에 작은 창이 열리고 간수가 주먹밥과 물을 담은 쟁반을 밀어 넣었다.

그런데 오늘은 간수가 쟁반을 놓고도 돌아가지 않았다. 밖에서 기다리고 있었다.

당하란이 말라서 갈라진 목소리로 말했다.

"가져가라."

간수는 움직이지 않았다. 쪼그리고 앉아서 당하란을 지켜보는 듯했다.

당하란은 열 근이 넘는 무게의 봉관 때문에 고개가 숙여져 있어서 간수를 볼 수 없었다. 아니, 애초에 고개를 들어볼 힘도 없었다.

"내가…… 옥에 갇혀 있다고 우습게 보이는 것이냐? 음식을 가지고 가거라."

하지만 간수는 아예 창살에 등을 지더니 다리를 펴고 돌아앉아 버렸다.

당하란은 바싹 말라 갈라진 입술을 이로 깨물었다. 처연한 웃음이 절로 흘러나왔다.

"이젠 일개 간수조차도 내 말을 듣지 않는구나."

당하란은 억지로 고개를 들어서 간수를 쳐다보았다.

등을 대고 돌아앉은 간수의 모습이 건방지기 짝이 없었다.

그러나 당하란은 간수의 모습을 보고 갑자기 형용하기 어려운 감정에 휩싸였다.

등을 돌리고 있는 모습이 어째서인지 익숙했다. 분명히 옥(獄) 자를 등 뒤에 쓴 간수의 복장인데?

아니, 익숙하다고 말하긴 어려웠다. 그냥 직관적으로 알았다기보다는 감정적으로 친근한 느낌이 들었다.

"아…… 아아……?"

당하란은 머리가 멍해졌다.

간수가 등을 돌린 채로 말했다.

"아무리 기다려도 나올 것 같지 않아서 직접 물어보러 왔습니다."

간수의, 진자강의 목소리를 들은 순간 당하란은 한 순간에 눈물이 터져 버렸다.

울컥!

당하란은 입술을 악물었다. 봉관을 창살에 집어 던지며
소리쳤다.

"바보야!"

콰장창!

진자강이 놀라서 벌떡 일어났다.

창살에 부딪친 봉관이 떨어졌다. 진자강은 창살 사이로
손을 넣어 떨어지는 봉관을 잡고선 황망한 눈으로 당하란
을 보았다.

당하란이 눈물을 닦을 생각도 못 하고 말했다.

"당신이 왜 여기에 있어!"

"……"

진자강은 말을 하지 못했다. 진자강의 시선은 당하란의
얼굴에 꽂혀 있었다.

그제야 당하란은 자신의 몰골이 엉망임을 깨달았다. 황
급히 고개를 돌려 얼굴을 감추려다가 목에 차고 있는 무거
운 칼 때문에 옆으로 엎어졌다.

"아앗!"

오랫동안 움직이지 않아 몸이 굳어 있었다.

진자강이 열쇠를 꺼내 열고 황급히 옥 안으로 들어왔다.
칼을 풀어 주고 당하란을 일으켰다.

"가!"

당하란이 고개를 돌리고 진자강을 밀었지만 팔에는 그리 힘이 들어가 있지 않았다. 진자강의 목소리를 듣는 순간부터 이미 당하란은 온몸에서 힘이 빠졌다. 며칠 동안 억지로 버텨 왔던 것이 한순간에 다 무너져서 스르륵 흘러내리는 기분이었다.

"가, 제발…… 내가 소리를 질렀으니까 주변에 있는 자들이 소리를 듣고……."

"괜찮습니다."

당하란은 어이가 없었지만 한편으로는 진자강의 말에 안심이 되기도 했다. 진자강이 여기에 와 있을 정도면 당연히 주변에 조치를 취했을 거란 생각이 든 것이다.

밑도 끝도 없는 막연한 믿음.

이 믿음은 어디에서 연유한 것인가?

당하란은 자기가 생각하기에도 우스워졌다. 그러나 믿음과 자신의 몰골을 보여 주는 것은 다른 이야기였다.

당하란은 계속 고개를 돌린 채로 있었다. 그러지 않으면 더 눈물이 날 것 같았다.

"다리를 펴 보십시오."

당하란은 힘을 주었지만 다리가 펴지지 않았다. 며칠이나 차가운 돌바닥에 무릎을 꿇고 있던 탓에 당하란의 다리는 뻣뻣하게 굳어 있었다.

"미안합니다."

진자강이 갑자기 사과를 하더니 당하란의 치맛자락을 무릎까지 들어 올렸다.

피가 통하지 않아 하얗게 질린 다리를 보고 진자강의 얼굴이 굳었다.

당하란의 얼굴이 새빨개졌다. 이 상황에서도 부끄럽다는 생각이 들었다.

"하, 하지 마. 지저분해."

당하란이 치맛자락을 다시 내려서 다리를 감추려고 했다.

진자강은 화가 났다. 왜 자기가 화가 나는지도 모르고 화를 냈다.

"가만히 좀 있어요!"

움찔.

진자강은 당하란의 손을 치우고 곧 다리를 주무르기 시작했다.

"이대로 놔두면 썩을 겁니다."

당하란은 다리에 감각이 거의 없었지만 진자강의 뜨거운 손이 닿은 건 느낄 수 있었다. 당하란의 얼굴이 더 달아올랐다. 당하란은 고개를 돌렸다.

원래 조용하던 감옥에 더욱 적막이 찾아왔다.

그러고 싶지 않았지만 당하란은 진자강의 얼굴이 너무 보고 싶었다. 지금 어떤 표정인지 너무 궁금하고 보고팠다.

그래서 진자강을 곁눈질로 힐끗 보았다.

진자강의 표정은 진지했다. 진지함을 넘어서서 심하게 무뚝뚝하게 보이기까지 했다.

"……이봐요."

"……."

"지금 당신 표정 엄청 무서운 거 알아?"

진자강이 무슨 소리냐는 듯 고개를 들어 당하란을 쳐다 보았다. 당하란이 놀라서 외쳤다.

"그, 그렇게 쳐다보지 마! 지금 얼굴이 엉망이란 말야!"

진자강이 당황했다.

"어쩌라는 겁니까?"

"……어?"

당하란이 고개를 돌리고 우물거렸다.

"그러니까 뭐…… 그냥…… 내가 너무 부끄러우니까, 조금쯤은 상냥하게 대해 줘도 되지 않느냐고 뭐……."

진자강은 말없이 당하란의 무릎 부근을 한참이나 주물렀다. 조금씩 다리의 혈색이 돌아오고 있었다.

진자강이 아무 대답을 하지 않았기 때문에 당하란은 더 머쓱해졌다.

한참 만에야 진자강이 물었다.

"왜 그랬습니까?"

"뭐가?"

당하란은 저절로 삐친 투로 말이 나왔다.

"왜 밥도 먹지 않고 상처도 그대로 내버려 뒀습니까?"

"……."

바로 대답을 못 하고 있던 당하란이 한숨을 쉬듯 대답했다.

"살고 싶지 않아서."

그 말에 진자강은 다시 한참이나 말을 하지 않았다. 답답해진 당하란이 먼저 물었다.

"나한테 물어볼 게 있어서 왔다고 했지. 그게 뭐야? 묻고 싶은 말이 뭐였어?"

"이젠 됐습니다."

"말해 줘."

진자강은 잠깐 기다렸다가 당하란을 보지 않고 대답했다.

"물어보고 싶었습니다. 살고 싶은지 죽고 싶은지."

당하란은 심장이 조여 왔다. 불안한 생각이 들었다. 최대한 기분을 가라앉히고 차분하게 물었다.

"그게 왜 궁금했어?"

"만일 죽고 싶다고 한다면……."

진자강이 천천히 고개를 돌려 당하란을 똑바로 쳐다보았다. 그러곤 대답했다.

"제가 죽여 드리려고 했습니다."

당하란은 진자강의 말에 가슴이 덜컥 내려앉았다.

"그, 그래?"

태연한 척하려 했지만 심장이 계속 두근거렸다.

"잘됐네. 자, 죽여 줘. 다리를 주무른다느니 쓸데없는 짓 하지 말고 그냥 죽여 줘."

진자강은 당하란의 눈을 바라보았다.

"진심입니까?"

당하란은 숨이 막혔다. 억울하고 외롭고 섭섭했다. 눈물이 가득 고여서 금방이라도 떨어질 것 같았다.

참을 새도 없이 왁 하고 눈물이 터져 나왔다.

당하란은 자기가 이렇게 울보인 줄 예전엔 몰랐다. 하지만 이젠 아무래도 상관없었다.

당하란이 소리를 빽 질렀다.

"나라고 죽고 싶을 리가 없잖아, 이 바보야!"

"……네?"

"보고 싶었어. 죽기 전에 한 번은 더 보고 싶었어. 그런데…… 그런데 어떻게 당신은 나를 죽이겠다고 찾아올 수가 있어? 으와아앙!"

당하란은 눈물을 감출 생각도 않고 엉엉 울었다.

진자강은 난처한 얼굴이 되었다.

"아니, 그게 오해가 있는 것 같은데…… 당 소저를 죽이겠다고 온 게 아닙니다."

"어엉엉엉. 방금은 날 죽이겠다며!"

당하란이 너무 서럽게 울어서 진자강은 정말로 당황스러웠다.

"그게 아니라 죽고 싶다고 한다면 그렇게 해드리겠다는 말이었습니다."

그게 당하란에게는 더 화가 나는 말이었다.

당하란이 울다 말고 어처구니가 없는 표정으로 진자강을 바라보더니, 말없이 훌쩍훌쩍 울었다.

진자강은 어색한 어조로 말했다.

"울지 마십시오."

"싫어."

"……."

훌쩍, 훌쩍.

진자강은 난감했다.

"그러니까……."

당하란이 눈물 젖은 눈망울로 진자강을 쳐다보았다.

진자강은 가슴이 시려 왔다.

아니, 가슴이 시려 온 것은 오늘 처음이 아니다. 며칠 전부터다.

진자강은 사실 달아나지 않았다. 달아나 봐야 부상을 입은 몸으로는 멀리 도망칠 수도 없다는 걸 알았다.

하여 외원을 탈출하는 척 흔적을 남겨 놓고 당가의 내부에 숨어들었다.

당하란이 지하 절옥에 갇혔다는 걸 알게 된 후에는 옥중에 잠입했다. 그렇게 며칠을 있다가 당하란에게 매일 밥을 가져다주며 그녀를 지켜봐 왔다.

혼례복을 입은 당하란의 모습은 진자강의 마음을 무겁게 만들었다.

진자강은 당하란이 밥을 먹지 않고 울면서 슬픔에 잠겨 있는 모습을 며칠이나 보았다.

그것이 무엇 때문이었을까.

진자강은 혼란스러웠다.

가문에서 축출되었기 때문일까. 이대로 죽을 것이 무섭기 때문이었을까. 아니면…….

자신 때문일까.

그것을 알 수 없던 탓에 당하란의 앞에 나설 수가 없었다.

하나 더 이상 지켜보면 당하란이 위험해질 거라 판단하

고 나서게 된 것이다. 이것은 진자강에게 있어서도 큰 위험을 무릅쓴 행동이었다.

당하란에게 접근해 이야기를 나누기 위해서 절옥의 한 층에 있는 모든 간수를 죽여야 했으니까…….

진자강은 잠시 당하란이 진정될 때까지 기다리다가 물었다.

"일어설 수 있겠습니까?"

"싫어."

"좋은지 싫은지 물어본 게 아니잖습니까…….''

"……."

그런데 갑자기 당하란이 몸을 움찔거렸다.

"아……!"

"왜 그러십니까?"

"악."

당하란이 아랫입술을 깨물고 어깨를 들었다. 몸을 이리저리 꼬면서 비틀기 시작했다.

진자강은 무언가 심상치 않은 일이 터진 것을 느꼈다.

"하윽……!"

당하란이 악문 잇새로 신음을 내뱉었다.

계속 다리를 꼬면서 어쩔 줄 몰라 하다가 종내에는 야릇한 신음까지 흘리기 시작했다. 얼굴도 빨갛게 달아올랐다.

당하란이 몸을 바르르 떨었다.

진자강은 긴장했다.

설마하니 누군가 그사이에 독을 쓴 것일까?

전혀 알아채지 못하는 사이에 하독을 할 만큼의 고수가 근처에 있다면 큰일이다.

진자강은 즉시 내공을 끌어 올리며 주변의 기운을 감지했다.

하지만 진자강과 당하란, 둘 말고는 인기척이 전혀 느껴지지 않았다.

"괜찮습니까, 소저?"

"아, 아니……."

당하란이 참을 수 없다는 듯 말했다.

"다리가 너무 저려서……."

"네?"

진자강은 뜻밖의 대답에 정신이 멍해졌다.

당하란이 눈물까지 글썽이며 어쩔 줄 몰라 했다.

"아하하하, 아하하. 다리가 너무 저려. 움직이질 못하겠어."

하기야! 그리 오래 움직이질 않다가 이제 피가 통하니 다리가 저릴 수밖에!

진자강은 자기가 너무 심각한 쪽으로만 생각했다는 걸 알고 저도 모르게 실소가 나왔다.

"하하하……."

충분히 일상에서 벌어질 수 있는 일인데도 왜 그런 생각을 하지 못했던 걸까.

그건 아마도 그동안 진자강이 '일상'과는 동떨어진 생활을 해 왔기 때문일 터였다. 그리고 그건 달리 말하면, 전혀 일상과 관련이 없는 것 같은 이 순간에 '일상'이 발생되었다는 뜻이다.

당하란의 덕분에.

진자강은 당하란을 가만히 바라보았다.

당하란은 창피해져서 얼굴이 잔뜩 빨개졌다. 자기를 바라보는 진자강의 눈빛이 아까보다 부드럽게 변했다는 걸, 당하란은 누구보다도 잘 알 수 있었다.

＊　　　＊　　　＊

진자강은 당하란이 신고 있던 당혜(唐鞋)를 벗기고 발을 주물러 주었다.

당하란이 부끄러워하며 물었다.

"여자치고 발이 너무 크지?"

"모릅니다. 본 적이 없어서."

"있으면 그것도 나름대로 이상했을 거야."

"굳이 대답하자면, 남자보다는 훨씬 작은 것 같습니다."

"그야 당연하지……."

당하란의 발은 작고 하얬다. 무인이니까 발끝은 단단하게 굳은살이 박혔고, 발 코에 해당하는 엄지발가락과 둘째 발가락의 앞 관절, 그리고 복숭아뼈 아래부터 새끼발가락까지 이르는 발 날에도 상처와 굳은살이 배어 있었다.

무인들에게 있어 발은 매우 중요하다. 어떤 동작에서도 안정된 자세를 지킬 수 있게 만드는 힘은 하체에서 나오고, 위급할 때에는 발이 손을 대신하기도 한다. 때문에 자갈밭이나 얕은 개울에서 맨발로 수련하는 경우도 많이 있었다.

하지만 민간에서는 다르다. 여자의 발은 부부간에만 보일 수 있는 민감한 부위로서 성적인 교감의 상징이었다.

그래서 당하란은 자신의 발바닥을 꾹꾹 누르고 있는 진자강이 무슨 생각을 하고 있을지 궁금했다.

물론 섣불리 물어봤다가 또 엉뚱한 대답을 해 버리면 속만 터질 터였다.

한참이나 입을 우물거리며 말을 고르던 당하란이 장난치듯 말을 꺼냈다.

"난 이제 빼도 박도 못 하고 당신에게 시집가야겠네."

당하란은 진자강의 반응이 어떤지 매우 궁금했다.

뜻밖에도.

진자강은 아까보다 훨씬 태연했다.

"저는 처음부터 그러기로 하고 이곳에 온 걸로 기억합니다."

진자강의 말투는 사뭇 감정이 없이 차갑게 느껴지기도 했다.

"여자가 자신의 몸을 만지도록 남자에게 허락하고 발을 내보인다는 게 어떤 의미인 줄 알아?"

"압니다."

"아아, 알고는 있었구나."

"무슨 뜻입니까?"

그 순간 당하란은 풋 하고 웃었다.

진자강이 이상하다는 듯 쳐다보았다.

"왜 웃습니까?"

"말 안 해 줘."

당하란은 좀 전과 달리 굉장히 행복한 표정으로 웃고 있었다.

진자강은 이유를 알 수가 없어 어리둥절했지만, 당하란은 입가에 떠오른 미소를 한참이나 지우지 않았다.

그랬구나. 이 남자는 그것을 알고서도 자신의 다리와 발을 주물러 주었구나.

그리고 심지어 화도 냈었지.

가만히 있으라고.

당하란이 웃는 채로 입을 삐죽 내밀고 중얼거렸다.

"촌스럽긴."

"……?"

진자강은 아까부터 종잡을 수 없는 행동과 말을 하고 있는 당하란을 이해할 수가 없다는 듯 고개를 절레절레 흔들었다.

*   *   *

당하란은 운기조식을 마치고 일어섰다.

몸이 한결 나아졌다.

"최고의 상태는 아니지만 평소의 육, 칠 할 정도는 움직일 수 있어. 당신에겐 너무 미안하네. 당신이 올 줄 알았다면 이렇게 마냥 내팽개치고 있지 말 걸."

"그럼 이제 이곳에서 나갈 결심이 서신 겁니까?"

"으응."

당하란은 뒤에 덧붙이고 싶은 말을 삼켰다.

'당신과 함께라면.'

당하란은 자기의 생각이 얼굴에 드러날까 봐 급히 말을 돌리며 물었다.

"그런데 여긴 어떤 방법으로 들어온 거야?"

당하란은 그게 가장 궁금했다. 진자강의 말을 들어 보면 진자강은 며칠 전부터 이곳에 들어와 있었던 듯하다.

이곳은 외원에 자리하고 있지만 명실공히 당가의 감옥이다. 진자강이 아무렇게나 들어와서 간수의 행세를 할 수 있는 곳이 아니다.

더욱이 당하란이 있는 곳은 지하 삼 층.

여러 층을 거쳐서 내려와야 하니 아무도 모르게 여기까지 오긴 더더욱 어렵다.

그러니 궁금할 수밖에 없다.

만일 들어올 수 있었다면 나가는 것도 가능할 것이고 말이다.

"별로 알고 싶지 않으실 겁니다."

"알려 줘."

진자강이 대답에 뜸을 들이자 당하란이 덧붙였다.

"싫어라고 말한다거나 말 안 해 준다고 하면 당신 얼굴 평생 다시는 안 볼 거야."

다행히 진자강은 별말 없이 대답했다.

"간수들을 죽이고 기다렸습니다."

"죽이고 들어온 게 아니라 죽이고 기다렸다고?"

"간수들이 없어져서 임시로 급히 사람을 모으기에 그때에 들어왔습니다."

감옥에서도 잡일을 하거나 감옥을 지킬 사람은 필요하다. 사람이 없으면 안 된다.

가뜩이나 장서각에 불이 나 혼란한 때였다. 윗선에 보고하고 하는 체계도 혼란스러웠을 터였다.

그러니까 그 틈을 이용해 스스로 간수가 되어 당당하게 들어왔다는 뜻이다.

당하란은 당가의 일 처리가 그렇게 허술한가 싶어서 놀랐고, 진자강의 담대함에 다시금 놀랐다.

"하지만 간수들이 여럿 죽었으니 의심을 살 텐데…… 아니, 임시였다고 했으니까 정식으로 하게 되면……."

"지금쯤은 그렇게 되었을 겁니다. 간수를 신분이 명확한 사람들로 교체한다고 하는 말을 들었으니까요. 간수들이 갑자기 죽은 걸 수상하게 생각할 때도 되었죠."

진자강은 달아날 수 있는 마지막 기회를 버리고 당하란을 찾아온 거라는 얘기가 된다.

"하면 지금까지 시끄럽게 떠들었는데도 아무도 오지 않은 것은……?"

"아마 제가 여기 있는 걸 알아서일 겁니다."

"지금쯤은 절옥의 입구를 막고 지키는 중이겠네."

"그럴 겁니다. 하지만 정확히 말하자면 제가 안쪽에서 절옥을 폐쇄한 거니까, 들어오지 않고 기다리는 중이라고 하는 게 옳겠지요."

둘은 절옥에 갇힌 셈이 된 것이다.

당하란은 이마를 긁적였다.

"나 때문에 당신이 달아날 기회를 놓쳤네."

"미안할 필요는 없습니다. 이것도 제 선택입니다."

"응. 그냥 당신이 바보 같아."

진자강이 담담하게 웃었다.

"바보 같다는 말이 왜 듣기 좋은지 모르겠군요."

"바보라서 그래."

당하란은 진자강의 미소를 보며 행복감을 느꼈다.

"당신이 날 보고 웃으니까 보기 좋다."

어색해진 진자강이 자리에 앉았다.

"잠깐 앉아서 기다리도록 하지요. 어차피 저들도 쉽게 들어오지는 못할 겁니다."

당하란은 가슴이 뛰었다.

조용한 절옥.

둘밖에 없는 감옥 안.

누구에게도 방해받지 않는 둘만의 시간이었다.

당하란은 진자강의 곁에 앉아서 진자강의 어깨에 머리를 기대려다가 멈칫했다.

지금이 아니면 진자강의 어깨에 다시는 기댈 수 없을지도 모른다.

하지만 지금이 마지막이라면…….

당하란은 진자강의 등에 자신의 등을 맞대고 앉았다.

그것은 진자강의 등을 지켜 줄 수 있는 사람이 되고 싶다는 당하란의 의지였다.

당하란은 탈혼사의 사용법을 보여 주었다.

탈혼사의 본체인 고리 형태의 호완을 들고 내공을 주입했다.

툭 소리가 나며 호완이 둘로 분리되었다. 고리 두 개가 된 것이다.

분리된 고리가 아래로 떨어지다가 중간에 멈춰 서 대롱대롱 흔들렸다.

"이 호완의 고리와 고리는 탈혼사로 연결되어 있지."

과연 자세히 보니 떨어져 나온 고리 사이에 아주 가느다란 실이 연결되어 있었다. 얼핏 보면 거의 보이지도 않았다.

당하란이 금속으로 만들어진 봉관을 공중에 던지고 탈혼사로 휘감았다. 그러곤 양손에 고리를 쥐고 좌우로 당겼다.

탈혼사가 팽팽해지며 봉관이 공중에서 걸려 멈췄다.

"평소에는 그냥 실이지만 이 탈혼사에 다시 내공을 주입하면……."

당하란이 탈혼사에 내공을 주입하면서 고리를 양쪽으로 잡아당겼다.

썩둑!

그 즉시 중간에 탈혼사로 감겨 있던 봉관이 반으로 갈려서 떨어졌다.

"그 어떤 보검보다도 날카로운 칼이 되어 걸리는 모든 것을 잘라 버리지. 심지어는 철포삼이나 금종조 같은 호신강기조차도."

당하란이 호완에 내공을 불어 넣자 고리가 빠르게 당겨져서 다시 합쳐졌다.

차라락.

당하란은 손에 고리를 쥐고 있다가 빠르게 분리시키며 던졌다. 분리된 고리가 날아가 감옥의 철창살에 감겼다. 당하란이 고리를 잡아챘다.

싹!

철창살이 순식간에 잘려 나갔다. 당하란은 고리를 빙글 돌리며 내공으로 당겨서 다시 원래의 호완에 분리됐던 고리를 합쳤다.

진자강도 탈혼사의 위력을 보고 감탄했다.

"사용법을 진작 알았으면 족쇄의 열쇠를 찾느라 고생하지 않았어도 됐겠군요."

"사용법을 알아도 쓰지 못했을걸?"

당하란이 웃으면서 호완을 던져 주었다.

진자강은 호완을 받아서 손목에 차고 다시 살펴보았다. 고리 자체도 단단해서 어지간한 도검은 이것으로 다 막아낼 수도 있었다. 평소에 팔목에 차고 있으면 굉장한 방어구로 쓸 수 있을 법했다. 사실 원래는 그런 용도인 줄로만 알았다.

진자강은 호완에 내공을 넣어 보았다.

덜그럭, 덜그럭.

애써 내공을 주입해도 잘 되지 않았다.

"탈혼사가 엉키지 않도록 주의해야 해. 얽혀서 풀 수 없게 되어 버리면 이제 고칠 수 없으니까."

애써 하나만 분리해도 그사이를 연결한 탈혼사에까지 내공을 밀어 넣는 일도 쉽지 않았다.

내공을 넣지 않으면 탈혼사는 그냥 질긴 실일 뿐이다.

"어렵군요."

"탈혼사를 완전히 내공으로 감싸서 구조를 이해해야돼."

진자강은 호완에 정신을 집중해 내공을 천천히 주입했다. 내공으로 호완의 내부를 더듬어서 구조를 머리로 그려 보았다.

호완은 가장 굵은 고리가 실패의 역할을 해서 탈혼사가 둘둘 감겨 있다. 그리고 실의 반대쪽 끝이 다른 고리로 연결되어 있는 것이다.

자세히 감각을 느껴 보니 내공을 불어 넣으면 놀랍게도 탈혼사가 부풀어 오른다. 당하란이 사용하던 힐린편의 채찍이 비늘을 세우듯 탈혼사가 보풀을 세우면서 거칠어지는 느낌이다.

하여 탈혼사가 최대한으로 부풀면 걸려 있던 고리가 밀려 나와 저절로 분리되는 듯했다.

툭.

진자강은 몇 차례 연습한 후에 조금 더 수월하게 분리할 수 있게 되었다.

물론 넣었던 내공을 재빠르게 다시 빼지 않으면 탈혼사에 자신의 손가락이 걸려서 잘릴 수도 있다. 대량의 내공을 주입하고, 고리가 분리되면 빠르게 내공을 회수하는 것이 고리를 분리하는 핵심 요령이었다.

능숙하게 사용하려면 아무래도 훨씬 더 오랜 연습이 필요할 것 같았다.

진자강은 몇 번 더 연습한 후에 호완을 왼쪽 손목에 찼다.

진자강은 오른쪽 우반신밖에 내공을 돌리지 못한다. 오른쪽 손목에 차면 쓰기야 편하겠지만 암기를 던진다거나 무기를 쥔다거나 할 때 전부 오른손을 쓰기 때문에, 실수로 탈혼사에 내공을 잘못 주입할 수도 있었다.

그러느니 아예 왼쪽에 두었다가 필요할 때 빼서 쓰는 게 낫다고 생각한 것이다.

당하란은 그래도 생각보다 진자강이 빨리 탈혼사에 익숙해지는 것을 보고 즐거워했다.

"혹시 섬절을 배우고 싶다면 그것도 가르쳐 줄 수 있어."

진자강은 잠시 생각하다가 고개를 저었다.

"그건 여길 나가서 배우도록 하지요."

"뭐?"

당하란이 조심히 물었다.

"저기, 이런 말을 물어보긴 좀 그렇지만…… 당신 정말 여길 나갈 수 있다고 생각하고 있는 거야? 진심으로?"

"장담은 못 합니다만, 나갈 수 없다고 생각했다면 들어오지도 않았을 겁니다."

"혹시나 해서 물어보는 건데, 여기 지하 절옥에 내가 모르는 비밀 통로가 있다거나……."

"며칠 동안 아래층까지 전부 살펴보았지만 그런 건 없는 것 같았습니다. 물론 있다고 해도 제가 알아보지 못했을 수 있습니다."

"그럼 어떻게 여길 나가려고?"

진자강과 만난 지 시간이 한참 되었다. 그런데 아직까지 절옥 안에 사람 그림자 하나 보이지 않는다.

진자강의 말대로 절옥 밖에 당가 무인들이 수두룩하게 진을 치고 있을 가능성이 컸다. 그리고 그중에는 아마 상당한 고수들도 섞여 있을 터다.

"나는 어차피 못 나갈 거라 생각하고 느긋하게 기다리는 줄 알았어. 그럼 최대한 준비를 못 하게 빨리 뚫고 나갔어야 하는 것 아냐?"

당하란은 이마를 찡그렸다.

진자강은 그것이 자신에게 화를 내는 게 아니라 당하란 스스로를 탓하느라 그래서라는 걸 알 수 있었다.

"신경 쓰지 마십시오. 일부러 기다리고 있는 거니까요."

당하란이 한숨을 쉬었다.

"당신과 함께 있는 건 좋지만 나 때문에 당신이 갇힌 건 여전히 속상해."

당하란은 속상하다는 말을 내뱉고 나선 갑자기 얼굴이 붉어졌다.

속상하다는 말이 무가의 여식에게 어울리는 말이기나 한가?

"내가 지금 무슨 말을 하는 거지? 여염집 여자들처럼."

진자강은 말없이 웃었다.

"아무튼!"

당하란이 말을 돌렸다.

"일부러 기다리고 있다는 건 무슨 뜻이야? 여기서 죽치고 있으면 나중에는 고모할머니나 할아버지까지 올 수도 있어."

가주 이화부인이나 염왕 당청까지 나온다면 그때는 진자강이 무슨 계획을 갖고 있든 절대로 달아날 수 없을 것이다.

하지만 이번에도 진자강은 미소를 머금었다.

"조용한 걸 보니 아직은 안 온 모양이군요."

"그렇겠지. 왔으면 가만히 기다리고 있을 분이 아니니까."

"그럼 조금 재촉해 드려야겠습니다."

"일부러 재촉을 한다고? 어떻게?"

"협박을 할 생각입니다."

진자강이 살짝 우려스러운 표정으로 당하란을 보고 말했다.

"하지만 소저는 당가의 사람이니 제 방법이 부담스러울 수도 있을 겁니다."

"나는……."

당하란은 잠깐 말을 멈추었다가 감옥 밖을 보며 말했다.

"이 감옥을 한 발이라도 나가는 순간부터 나는 당가의 사람이 아냐. 내가 아니라도 남들이 나를 당가의 사람으로 보지 않을 거야."

가문의 규율을 스스로 벗어던진다는 것은 당가의 사람임을 포기하는 것과 마찬가지다.

"그리고 난 방금 결심했어."

"뭘 말입니까?"

"만약에 이곳을 살아서 나갈 수 있다면."

당하란은 심호흡을 하고 진자강을 쳐다보았다.

"그러면 난 당씨 성을 버리고 진가의 사람이 되겠어."

"당 소저……."

진자강은 당하란의 눈빛에서 당하란의 마음을 읽었다.

그러나 여전히 진자강은 마음의 부담이 있었다. 아니, 어깨에 짊어진 수많은 이들의 목숨 때문이었다.

"제가 자유로워질 수 있는 건, 제게 주어진 책무가 끝나는 날입니다."

당하란은 즉시 대답했다.

"기다릴게."

"그날이 영원히 오지 않을 수도 있습니다."

그 전에 죽을 가능성이 더 크니까.

당하란은 이번에도 길게 생각하지 않고 바로 답했다.

"그래도 기다릴게."

진자강이 고개를 끄덕였다.

"알겠습니다."

"그 대신!"

갑자기 당하란이 표독하게 눈을 떴다.

"그땐 나 말고 다른 여자 쳐다보면 가만두지 않을 거야."

진자강은 당하란의 질투가 귀여워졌다. 얼어 있던 마음이 자꾸만 풀어지는 것 같았다.

만약 천신이 도와서 무사히 복수를 마칠 수 있게 된다면…….

그때는 당하란과 산속 깊은 곳에 들어가 밭을 일구고 살아도 좋을 것이다.

진자강은 저절로 미소가 지어졌다.

당하란이 재촉했다.

"빨리 대답해 줘!"

"그래요. 알았…….."

그런데 문득 진자강은 공두 장씨를 찾아가겠다고 약속한 걸 떠올렸다. 그리고 장씨의 딸인 랑랑과 귀주약문의 소소도.

"……."

진자강이 대답을 하지 않자 당하란의 눈썹이 꿈틀거렸다.

"이보세요?"

*　　　*　　　*

진자강은 지하 절옥의 계단을 올라왔다.

역시나 밖에는 수많은 당가의 무사들이 기다리고 있었다.

칼과 창을 든 무사들이 족히 백 명은 되어 보였고, 옆 담
장들에는 궁수들까지 배치되었다. 당가와 가신 가문의 고
수들도 몇이나 있었다.

진자강이 아무리 날고 긴다 한들 절대로 이 포위망을 뚫
고서 달아날 수는 없을 것이다.

진자강이 지하절옥의 입구에 나타나자 무사들이 술렁거
리며 무기를 곧추세웠다.

그중 나이 든 무인 한 명이 앞으로 나와 호통을 쳤다.

"네 이놈! 간덩이가 부어도 단단히 부었구나! 감히 쥐새
끼처럼 지하 절옥에 숨어들어?"

하지만 진자강은 개의치 않았다.

진자강은 뒤에 사람 한 명을 데리고 있었는데, 당하란은
아니었다. 지하 절옥의 다른 감방에서 데리고 나온 죄수였
다.

진자강이 죄수를 앞으로 밀었다.

지하 절옥의 입구에는 진자강이 살포해 놓은 독이 잔뜩 있다.

죄수는 오랜만에 밖으로 나왔는지 눈을 제대로 뜨지 못했다. 하지만 진자강이 등을 미니 떠밀려서 앞으로 나아갔다.

독을 밟고 삼키며 당연히 중독이 되었다. 자유의 몸이 된 것도 잠시, 허약해진 죄수는 독을 버티지 못하고 앞으로 걸어가다가 피를 토했다.

무사들은 섣불리 나서지 않고 지켜보기만 했다. 죄수는 도와 달라는 듯 당가의 무사들에게로 기어갔다.

고수 한 명이 내공을 끌어 올려 독을 막으며 죄수에게로 갔다.

혹시나 진자강이 어떤 말이라도 전하기 위해 죄수를 풀어 준 게 아닌가 싶어서였다.

그러나 죄수는 별다른 말도 없이 자신도 이유를 몰라 억울한 표정으로 죽어 갔다.

"도대체 이게 무슨……!"

무인이 고개를 들어 진자강을 보니, 진자강은 무사들을 둘러보다가 아무 말도 없이 다시 지하 절옥으로 내려가 버린 후였다.

　　　　*　　　　*　　　　*

　진자강의 행동은 곧바로 당청에게 보고되었다.

　당청은 탁자 양쪽에 서류를 쌓아 놓고 정신없이 업무를
보고 있다가 진자강의 행동이 보고된 죽간을 읽고 동작을
멈췄다.

　그 순간 청 내의 분위기가 싸늘해졌다.

　육십 명의 서생들이 업무를 멈추고 무표정한 얼굴로 당
청을 쳐다보았다.

　당청은 죽간을 들고 미간을 잔뜩 찌푸렸다.

　"죄수를 끌고 나와서 그냥 밀어 던졌다…… 고."

　죽간을 가져온 서생이 설명했다.

　"죄수를 즉시 옮겨 검시했으나 청철혈선사의 독과 망초
의 독이 검출된 것 외에는 아무런 특이점이 없었습니다."

　당청은 죽간을 다시 읽었다.

　죽은 죄수는 오래된 가신 가문의 사람으로 당가를 배신
하고 세작질을 하다가 잡힌 자였다.

　하지만 진자강이 왜 그를 골라서 내보냈는지는 알 수 없
었다. 진자강과는 아무런 연관이 없었다.

　"빠져나오지도 못할 절옥에 갇힌 주제에 살려 달라고 빌
지는 못할망정 죄수를 내보내 죽여?"

입구에 심하게 독을 살포해 놓았다더니 굳이 나와서 이러는 게 이해가 되지 않았다.

그때 서생이 달려와 새로운 죽간을 쌓았다. 그중 가장 위에 있는 것을 당청이 집어 보았다.

진자강이 다시 죄수 한 명을 끌어내어 밖으로 내보냈다는 것이다. 이번엔 중독된 죄수를 살려서 심문을 해 보았으나 역시 진자강이 아무런 말도 전하지 않았다고 했다.

"미친놈. 안에 있는 죄수를 한 놈씩 다 끌어낼 셈인가."

어이가 없어 실소를 짓던 당청의 얼굴이 갑자기 굳었다.

그제야 진자강의 의도를 깨달은 것이다.

"이런 얼어 죽을 개 같은 놈의 종자 새끼가!"

당청은 즉시 자리를 박차고 일어났다. 서생들 몇이 바로 그 뒤를 따랐다.

第六章

차도살인(借刀殺人)

"탈혼사는 길이가 얼마나 됩니까?"

진자강이 물었다.

당하란이 퉁명스럽게 대답했다.

"아주 길어. 최대한 늘리면 백 척(尺) 가까이 될 거야."

진자강이 생각해 보더니 말했다.

"조금 짧겠군요."

"그러면 길다고 말한 내가 이상한 말을 한 게 되잖아. 도대체 어디에 쓰려고?"

"수인(囚人)들을 묶어 두려고 합니다. 원래는 독을 쓸 생각이었지만 탈혼사가 더 적당할 것 같습니다."

"그 정도로도 모자라?"

"계단에서 가장 가까운 지하 일 층의 방에 수인들을 모아 두면 될 것 같습니다. 도와주시겠습니까?"

"흥. 알았어."

당하란은 진자강이 무얼 하는지 아리송했다. 아까는 죄수를 데려와 밖으로 내보내더니 이제는 한곳에 모아 두겠다?

하지만 아직 아까 진자강이 대답을 제대로 못 한 일로 조금 삐쳐 있었기 때문에, 당하란은 더 묻지 않고 입만 삐죽 내밀었다.

곧 진자강은 다른 감방으로 가서 문을 열고 죄수들을 하나둘씩 데리고 올라왔다. 그러곤 지하 일 층에서 위로 올라가는 계단의 앞에 바로 있는 간수실에 데려온 죄수들을 전부 넣었다.

놀랍게도 죄수들은 반항을 하지 않았다.

오랫동안 햇빛을 못 본 데다 무공까지 폐해 두어 별다른 힘을 쓰지 못한다고 하더라도 이렇게까지 순순한 것은 희한한 일이었다.

혹시나 달아나려는 자가 있을지 몰라서 지키고 있던 당하란이 오히려 머쓱해질 지경이었다.

당하란은 기이한 눈으로 진자강과 죄수들을 바라보았다.

얼마 지나지 않아 진자강은 지하 절옥의 죄수 중 스물네 명을 데려왔다. 물론 그 정도만 해도 거의 대부분이었다.

진자강은 그들을 한방에 모아 놓고 말했다.

"말씀드렸듯이 나는 여러분들을 이용해서 이곳을 나갈 생각입니다. 그러나 여러분들은 나갈 수 없습니다."

죄수들이 묵묵히 진자강의 말을 듣다가 고개를 끄덕였다.

잠시 기다리던 진자강이 말했다.

"아직 대답이 없군요. 한 분이 더 가 주셔야겠습니다. 누가 가시겠습니까?"

방에 있던 이들 중 장년인 한 명이 몸을 일으켰다.

"내가 가지."

"숨을 참고 뛰어가십시오."

진자강은 절옥의 지상으로 통하는 문을 열어 주었다.

장년인이 긴장된 얼굴로 심호흡을 하더니, 진자강에게 말했다.

"약속대로 염왕을 죽여 주게."

그 말을 들은 죄수 중 한 명이 실소했다.

"염왕이 죽일 수 있는 자라면 진작 죽었겠지."

짧지만 많은 뜻을 함축한 말이었다.

다른 죄수가 걸걸한 목소리로 말했다.

"나는 그냥 염왕의 코가 납작해지도록 한 방 먹여 주는 것만으로도 족해. 그걸 위해서 내 목을 걸 수 있어."

하지만 진자강은 전혀 주눅 들지 않았다.

"염왕은 반드시 죽일 겁니다."

최선을 다하겠다는 말도 아니고 그냥 죽이겠다는 말뿐인데도 굉장한 무게감이 있었다.

죄수들이 말했다.

"그때까지 살아서 기다리지."

진자강이 고개를 끄덕였다.

"약속을 지키겠습니다."

곧 장년인이 뛰쳐나갔다.

다시 문을 닫은 진자강의 눈에 안타까운 빛이 스쳐 갔다.

당하란은 진자강의 눈빛을 보고 그가 마음의 부담을 지고 있다는 걸 깨달았다.

"당신…… 그동안 무슨 일이 있었던 거야? 왜 저들이 당신의 말을 듣고 있어?"

진자강이 다소 가라앉은 목소리로 말했다.

"절옥에 들어오기 전에 간수들로부터 우연히 수인들을 두고 하는 얘기를 들었습니다."

"저들은……."

"알고 있습니다. 저들은 당가의 뜻에 반하여 잡혀 온 사람들."

"맞아."

당하란 역시 당가의 일원이었기 때문에 절옥에 잡혀 있는 죄수들을 알고 있었다. 그중에는 당하란조차 대놓고 말하기 어려울 정도로 정당하지 않게 잡아 온 이들도 있었다.

당하란은 진자강을 가만히 바라보았다. 먼저 말을 꺼내기도 어려워 진자강이 말을 잇기를 기다렸다.

진자강은 말을 이었다.

"그래서 이곳에 들어와 있는 동안 저들의 이야기를 들어주었습니다."

진자강은 거기서 더 이상 말을 하지 않고 담담하게 웃기만 했다.

당하란은 울컥했다.

"바보같이."

진자강이 이야기를 들었다고 했지만 그건 단순히 듣기만 했다는 말이 아니다. 진자강이 저들의 이야기를 듣고, 그들의 사연을 짊어졌다는 뜻이다.

아까 진자강이 저들에게 말하지 않았는가. 약속을 지키겠다고.

진자강은 당하란을 구하기 위해서 저 죄수들이 갖고 있던 사연의 무게만큼 새로운 짐을 더 얹고 살아가기로 한 것이다.

그것이 어찌 쉬운 일일까. 한 사람, 한 사람이 살아오며 가진 가장 큰 한을 대신 짊어지는 것이.

당하란은 차마 고개를 들 수가 없었다.

진자강이 짊어진 무게에 자신도 어느 정도는 일조하였다는 생각이 들었다.

당하란은 이제야 과거의 자신이 부끄러워졌다. 그러나 그때에는 그것이 정의인 줄로만 알았다. 당가를 위해서 뭐든 할 수 있었고, 그게 당연하다고 생각했다.

한데 지금은 아니다.

'왜…… 이 남자를 만나고 나서 갑자기 그 모든 일들을 부정하는 마음이 들게 된 것일까.'

당하란은 진자강이 반드시 달아났으면 좋겠다는 바람이 들었다. 하지만 이번엔 그 어느 때보다도 간절히.

그리고 자신도 함께 앞으로 그 짐을 나누어 짊어지고 싶다고 생각했다.

쉽진 않겠지만, 설혹 그것이 자신을 낳아 주고 키워 준 가문을 배신하는 일이라 할지라도.

당하란은 어느새 삐친 마음이 눈 녹듯 사라졌다.

"당신."

"네."

"꼭 날 데리고 달아나 줘. 만약 실패하면 나중에라도 다시 와 줘."

왜인지 모르겠지만 진자강은 그 말이 굉장히 기쁘게 들렸다.

"약속하겠습니다. 하지만 우린 이곳을 같이 나갈 수 있게 될 겁니다."

"자신 있어?"

진자강이 잠시 생각하다가 대답했다.

"제가 아는 분이 이리 말씀한 적이 있습니다. 세상은 수없이 많은 이해관계가 얽혀 있기에 그 안에서 살아남으려면 매우 복잡하고 정치적인 판단을 해야 한다고."

당하란이 수긍했다.

"바로 우리 할아버지가 그러한 사람이지. 모든 사안에서의 이해득실을 따지고, 경우에 따라서는 더 큰 이득을 위해……."

잠시 말을 멈췄던 당하란이 씁쓸한 미소를 지었다.

"가문의 일원까지도 도구로 이용할 수 있는 사람. 아끼던 손녀까지도 내버릴 수 있는 사람. 할아버지에게 있어 모든 판단과 행위는 자신이 이용할 수 있는 수단이야. 그것이 할아버지의 칼이지."

당하란이 말을 하다가 진자강을 보았다.

"당신이 그 칼을 당해 낼 수 있을까?"

진자강이 슬픔을 담고 있는 당하란의 눈을 보며 고개를 끄덕였다.

"아마 오늘, 염왕은 자신의 칼이 자신을 향해 날아오는 걸 보게 될 겁니다."

진자강의 목소리에 단호함이 깃들었다.

"나는 염왕의 칼을 빌려 염왕을 칠 겁니다."

당하란은 그제야 진자강이 어떻게 달아나려고 생각했는지를 깨닫고 적잖이 놀랐다.

차도살인.

글자의 의미 그대로 칼을 빌려 칼을 쥔 본인을 치겠다는 것!

*　　　*　　　*

당청이 지하 절옥의 앞에 나타났다.

이어 가주인 이화부인 당귀옥까지도 의자에 앉은 채로 무인들의 어깨에 들려서 지하 절옥으로 왔다.

모든 당가 소속의 무인들이 고개를 숙여 당청과 당귀옥에게 경의를 표했다.

당귀옥이 손짓을 해 고개를 들게 하고, 당청이 명령했다.

"데려와!"

무인들이 중독되어 치료를 받고 있던 죄수를 당청과 당귀옥의 앞에 데려왔다.

죄수가 당청의 앞에서 뻣뻣하게 서 있자, 무인들이 강제로 무릎을 꿇렸다. 헐벗고 바짝 마른 죄수가 당청과 당귀옥을 노려보았다.

침이라고 뱉고 싶었지만 그래 봐야 닿지도 않을 것이다.

당청이 눈을 찡그렸다.

"그래. 네놈, 기억이 나는군. 중경에서 꽤 신망이 두텁다는 것을 이용해 세력을 규합하고 조직적으로 본 가의 행사를 방해했었지. 대천문의 문주였던가?"

죄수가 걸걸한 목소리로 대답했다.

"그렇소이다."

"절옥에 들어간 지 오 년 정도 되었을 텐데, 이제 생각이 좀 바뀌었나?"

대천문의 문주 원녕은 대답하지 않았다.

당청이 다시 물었다.

"절옥의 상황은 어떠한가. 말해 보라."

원녕이 비웃었다.

"당가의 일을 왜 내게 묻지? 간수가 내보내서 끌려 나왔을 뿐. 아까도 말했지만 간수는 내게 어떤 전언도 남기지 않았소."

당귀옥이 말했다.

"협조하면 광산의 노예로 잡혀간 자식들을 풀어 주겠네. 잘 생각해 보게. 절옥 안의 분위기가 어땠지? 뭔가 이상한 점은 없었는가?"

원녕은 흠칫 놀랐다. 갈등의 빛이 어렸다. 잠시 생각하던 원녕은 결심한 듯 말했다.

"이상한 점이 있긴 했지. 간수가 우리를 모두 지하 일 층의 방 한곳에 몰아넣고, 그것을 혼례복을 입은 젊은 처자가 지켜보고 있었으니까."

말을 마친 원녕이 당청과 당귀옥을 번갈아 쳐다보았다. 거래를 했으니 갚으라는 의미다. 그것으로 보아 원녕에게서 더 캐낼 얘기는 없는 것 같았다.

"오라버니?"

당귀옥의 말에 당청이 고개를 끄덕여 허락했다.

"이자는 따로 가두고 식솔들은 풀어 주도록 하지."

당청의 명령에 뒤쪽의 서생 한 명이 그 자리에서 사면문을 써서 당귀옥에게 재가를 받아 갔다.

당귀옥이 말했다.

"아무래도 하란이의 마음이 완전히 돌아선 듯하군요."

당청은 잠시 생각하는 듯하다가 중얼거렸다.

"그렇단 말이지. 건방진 것들이……."

"무슨 생각으로 일을 저질렀는지 한번 들어나 볼까요?"

"그래."

당청이 입을 이죽거렸다.

"놈도 우리가 부르길 기다리고 있을 게다."

당귀옥이 뒤쪽으로 손짓했다.

탈혼방의 방주 당상율이 다가왔다.

당상율은 당가에서 가장 잘나가는 이 중 한 명이다. 마흔여덟의 젊은 나이에 당귀옥의 총애를 사 삼 개 각(閣), 오 개 조(組)의 사백 무사를 이끄는 자리에 올랐다.

당연히 그에 걸맞은 무공을 가지고 있다. 십대 문파의 고수들과 어깨를 나란히 할 수준이다.

"불러 보게."

당상율이 고개를 숙였다.

당상율이 터벅터벅 앞으로 걸어갔다. 그러더니 발로 툭툭 땅을 차며 이곳저곳을 돌아다니다가 자리를 잡았다.

자리를 잡고 선 당상율이 내공을 끌어 올렸다. 옷이 크게 부풀어 올랐다가 바람도 없는데 나풀거렸다. 부푼 옷이 서서히 가라앉았다.

그리고 어느 순간 당상율이 선 채로 오른발을 아주 살짝 들었다가 땅을 밟으며 힘을 주었다.

"후읍!"

당상율의 기합과 동시에.

구우우웅—

당상율이 선 땅에서부터 일어난 흙먼지가 동심원을 그리
며 순식간에 바깥으로 쭉 뻗어 나갔다.

당상율이 다시 발을 굴렀다.

구우웅!

*   *   *

쿵!

지하 절옥의 천장이 들썩였다.

그 울림은 한 번 시작되더니 점점 더 커져서 지하 절옥
전체를 흔들기 시작했다.

쿠— 우웅!

지진이 난 것처럼 지하 절옥이 흔들렸다.

쿠우우웅!

푸스스스.

천장에서 돌가루까지 떨어졌다. 이대로 있으면 지하 절

옥 전체가 무너질 것 같기도 했다.

진자강은 지하 절옥의 출입구에서 가까운 감방 하나에 죄수들을 몰아넣고 기다리던 중이었다.

지하 절옥이 통째로 울리자 감방 안에서 죄수들이 불안한 표정을 지었다.

진자강도 위를 쳐다보았다.

"드디어 기다리던 이들이 온 모양입니다."

진자강이 당하란을 보고 말했다.

"이제 올라가겠습니다."

"이근호심액을 섭취하지 않아도 정말 괜찮겠어?"

이근호심액은 망료에게 건네받은 영약으로 사지가 절단되어 기가 제대로 유통되지 않는 몸에 좋은 효과가 있었다.

그러나 진자강은 고개를 저었다.

"그건 제가 쓸 게 아닙니다."

"하지만……."

사실은 당하란도 알고 있다. 그것을 먹어서 조금 더 강해진다 한들 달아나기엔 여전히 부족하다는 걸.

"너무 걱정 마십시오."

진자강이 당하란을 안심시켰다.

"우린 반드시 나갈 겁니다. 선랑에게 해독약도 전해야 하니까요."

"만일 같이 나갈 수 없는 상황이 생긴다면 무조건 당신이라도 나가야 해. 그리고 나중에 다시 날 데리러 와. 약속해."

진자강은 할아버지인 염왕과 일생일대의 싸움을 해야 한다. 피가 튀고 살점이 떨어져 나가는 싸움은 아닐지라도 칼끝에 목을 두고 있는 건 마찬가지다. 조금만 실수해도 목이 달아날 것이다.

할아버지인 염왕의 무서움을 아는 당하란은 마음이 불안했는지 아까 했던 말을 몇 번이고 다시 꺼내며 강조했다.

진자강은 당하란의 눈을 가만히 들여다보았다.

자신을 진심으로 걱정해 주는 사람의 눈빛.

"약속하겠습니다."

쿠우웅!

"울림이 심해지는군요. 나오지 않으면 정말로 무너지겠습니다."

진자강은 당하란을 보며 가만히 미소 짓고는 곧 몸을 돌려 계단을 올라갔다.

*   *   *

마침내 진자강이 지하 절옥의 입구로 모습을 드러냈다.

진자강은 밖에 있는 이들을 한 번 둘러보고는 가운데에 있는 당청과 당귀옥에게 시선을 주었다.

당청은 기분 나쁜 표정으로 진자강을 쳐다보고 당귀옥도 무심한 듯 진자강을 주시했다.

당귀옥이 진자강을 보고 말했다.

"네가 우리 하란이의 짝이구나. 나는 하란이의 고모할머니 되는 사람이란다."

진자강은 고개도 숙이지 않고 말로만 인사를 했다.

"처음 뵙겠습니다."

당가의 고수들이 무례하기 짝이 없는 진자강을 매서운 눈으로 노려보았다.

"흘흘흘, 재밌는 아이로구나."

"나는 별로 재밌진 않습니다."

"미안하게도 나이가 들으니 이런 하찮은 장난도 재미가 있단다. 어찌 달아난 것처럼 속이고 지하 절옥에 숨어 있었을까?"

진자강은 순순히 인정했다.

"하찮은 재주라 민망합니다."

그 말에 당가 고수들의 얼굴이 붉어졌다. 진자강이 스스로 하찮다는 걸 인정해 버리면 진자강을 찾아내지 못했던 당가가 훨씬 더 우스워져 버리는 것이다!

당청이 옆에서 끼어들어 한마디 했다.

"봤지? 절대로 안 지려고 드는 놈이다. 말 한마디 안 져."

"흘흘, 듣던 대로 독종이군요. 오라버니의 마음에 들 만하네요."

"장서각만 안 태웠어도 크게 키워 주었을 텐데. 주제를 모르고 날뛰었어. 이런 놈은 안 돼."

진자강이 당청을 비웃었다.

"이제야 그렇게 생각하였습니까?"

"뭐?"

"처음부터 감당이 안 될 거라고 말씀드렸습니다만."

당청의 미간이 더욱 찌푸려졌다. 당청이 아픈 부분을 진자강이 제대로 찔렀다.

"장서각주라는 사람이 말을 전해 주더군요. '너는 본 가의 사위가 되기에 심히 부족하다. 열흘의 시간을 주마.' 직접 하신 말씀이 아닙니까?"

"맞다."

"하여 열흘 동안 증명했잖습니까."

"뭘. 장서각을 태운 것을?"

"아아, 그게 장서각을 태우라는 뜻으로 한 말이었는지 몰랐습니다."

당청은 진자강의 말대꾸에 화가 나서 심호흡까지 했다.

"쓰으읍! 후우. 너는, 그게 네 자신을 증명한 일이었다고 생각하느냐?"

"더 할 수도 있었지만 참았습니다. 그러니 어지간하면 이 정도에서 만족하시지요."

당청의 찢어진 입이 더 찢어지며 기괴한 웃음을 만들어냈다.

"으흐흐흐…… 흐흐흐흐…… 아무래도 서로 간의 소통에 오해가 있는 것 같구나? 응?"

"약속한 기한이 넘도록 저를 찾지 못한 것은 당가이지, 제가 아닙니다."

당가의 무능을 단적으로 지적하는 말이었다.

한마디로 당가가 제대로 시험할 능력도 안 되면서 진자강을 시험하려 했느냐고 되묻는 것이다!

그것이야말로 진자강이 자신의 능력을 드러낸 셈이다.

당청은 물론이고 당가의 고수들조차 아무 말을 할 수가 없었다.

당귀옥만이 "흘흘" 하고 웃음을 흘렸을 뿐이었다.

화가 나서 말을 못하는 당청을 대신해 당귀옥이 물었다.

"내 귀에는, 우리가 너를 시험하는 게 마음에 안 들어서 네가 역으로 우리를 시험했다…… 그런 이야기로 들리는구나?"

"지나친 말씀입니다. 그냥 나를 증명해 보라기에 내 방식으로 했을 뿐입니다."

"그래서. 이제 네가 원하는 것은?"

모든 이들의 이목이 진자강의 입에 집중되었다.

진자강이 잠시 말을 쉬었다가 크지 않은 목소리로 말했다.

"……다."

한 순간 적막이 찾아왔다.

그것은 당청마저도 당황하게 만들었다. 당귀옥도 마찬가지였다.

"뭐, 뭐라고?"

진자강이 다시 한 번 또박또박 말했다.

"약속대로 당가의 사위가 되겠다고 했습니다."

당가의 무인과 무사들 모두가 어이가 없어 멍한 얼굴이 되었다.

"이 정도면 충분히 증명했다고 생각합니다."

당귀옥조차 눈을 감고 천천히 따져 봐야 했다.

"그러니까, 장서각의 수만 권 장서를 불태우고 장서각주를 죽이고…… 본 가의 사람을 수십이나 상하게 한 후에…… 본 가의 사람이 되겠다는 뜻인 것이냐?"

"비슷합니다."

"혹시나 내가 한 말 중에 달리 해석할 여지가 있는 부분이 무어가 있지? 장서각을 불태우고, 본 가의 사람을 죽게 하고. 그것이 증명이라는 것이냐?"

당청이 침까지 튀며 어이없는 얼굴로 말했다.

"복잡하게 따질 필요 없어. 저놈은 미친놈이야. 그러니까 저 미친놈이 지금 우리에게 혼인 허락을 받겠다는 거야!"

진자강이 수긍했다.

"그렇습니다."

당청이 찢어진 입을 더욱 벌리며 진자강을 쏘아보았다.

"세상에 혼례를 허락받겠다면서 처가를 잿더미로 만들어? 그게 허락받겠다는 놈의 태도라고 생각하냐?"

"정확히는 허락을 받겠다는 뜻은 아닙니다."

진자강이 오른손을 들었다. 오른손에 들린 하나의 고리.

탈혼사였다.

진자강이 눈가에 살기를 띠고 말했다.

"협박하는 겁니다."

진자강의 말에 당가의 무인들은 진자강이 탈혼사를 들고 뭐하는 거지? 하고 생각했다.

탈혼사가 당가의 보물이긴 하지만 장서각을 불태운 놈을 탈혼사만 받고 용서해 줄 정도는 아니다. 탈혼사야 그냥 죽이고 되찾아오면 그만이다.

그러나 당청을 비롯한 몇몇 고수들은 금세 눈치챘다.

탈혼사의 고리가 분리되어 있다는 걸.

다른 하나의 고리가 보이지 않는다.

안력을 돋워 보니 탈혼사의 고리에 연결된 실이 지하 절옥 안쪽으로 연결되어 있다.

당귀옥이 물었다.

"탈혼사에 무엇이 연결되어 있느냐?"

"머리."

"하란이를 인질로 잡고 있는 거라면 허사이니라. 본 가의 사람이라면……."

"아무리 그래도 내 처(妻)가 될 사람을 인질로 잡긴 좀 그렇습니다."

진자강의 말에 당귀옥의 얼굴도 굳었다.

"당연히 지하 절옥의 죄수들의 목이 감겨 있습니다. 지금은 정확히 스물세 명입니다. 탈혼사가 닿는 데까지 엮었습니다."

당가의 무인들이 비웃었다.

"죄수를 인질로 삼는다고?"

"저런 멍청한 소리가 어디 있어."

하지만 당청과 당귀옥은 달랐다.

우려한 바가 그대로 들어맞은 것이다.

유독 당청의 얼굴은 분노가 극에 달해 새빨갛게 달아올라 있었다. 그러나 찢어진 입 때문에 표정은 반대로 살기등등하게 웃고 있는 것처럼 보였다.

"이런…… 미친…… 새끼가……."

당가의 무인들은 당청이 화를 내자 바로 입을 다물었다. 분위기가 심상치 않았다.

언뜻 죄수들을 죽도록 내버려 두어도 무슨 상관인가 싶지만, 본래부터 당가는 관부(官府)가 아니다.

지하 절옥에 있는 죄수들은 당가에 반하는 일을 한 죄수들이지, 국법을 위반한 죄수가 아니었다. 단순히 '죄수'라고 뭉뚱그려 말할 수만은 없는 이들이다.

사람 목숨이 파리 목숨인 무림에서, 사람 수십을 죽이는 것이 아무렇지 않은 당가에서 왜 그들을 죽이지 않고 지하 절옥에 가두었는가.

그것은 애초에 그들이 모종의 이유로 '죽일 수 없는 자들'이기 때문이었다.

적대 세력을 회유 혹은 겁박하기 위해 인질로 잡아 둔 그들의 가족 혹은 수장들.

당가에 반하는 행동을 했으나 강호에서 명망이 높아 함부로 죽이기 어려운 자들.

중차대한 비밀을 알고 있어 털어놓을 때까지 살려 두어야 하는 자들.

당가에 투항한 자들 등.

당가의 지하 절옥은 관부의 감옥과 달리 죗값을 치르기 위해 가두는 데가 아니었다. 필요에 의해 가두어 두고 있을 뿐이니 사실은 죄수라기보다도 포로에 가까웠다.

그런데 일부러 살려 둘 정도로 가치가 있는 그들이 전부 죽어 버리면 어떻게 되겠는가.

당장에 당가에서 준비하고 있는 크고 작은 행사들이 모조리 차질을 빚게 될 것이다. 여러 가지 걸림돌이 무수히 발생하게 될 것이다.

게다가 당가가 포로의 목숨을 함부로 내버린다는 소문이 돌면, 당장은 물론이고 앞으로 잡을 포로의 가치마저 떨어질 수밖에 없다.

어차피 죽을 목숨이라면 포로가 된다 한들 누가 제대로 협조를 하겠는가.

살려 두어야 할 필요가 있어서 살려 두고 있는 자들이기에 오히려 인질의 가치가 있다!

진자강은 그 점을 파악하고 승부수로 내세운 것이다.

정치적인 셈으로 살려 둔 포로들.

그들이 오히려 약점이 되어 당청을 공격하게 되고 말았다.

당청으로서는 어이없는 역습일 수밖에 없었다.

스스로 분을 못 이기고 바들바들 떨고 있는 당청을 보며 진자강이 싸늘한 표정을 지었다.

"나를 만난 게 이제야 후회가 됩니까?"

당청은 눈을 크게 치켜떴다.

그리고 진자강을 노려보기를 잠시.

갑자기 당청이 웃기 시작했다.

이히히히! 이— 히히히히!

당청의 웃음소리에는 내공이 실려 있어서 듣고 있으면 내장이 진탕된다. 당가의 무인들 모두가 내공을 끌어 올려서 버렸다.

"이거야 원! 내 평생에 그 나이에 내게 한 방 먹인 놈은 네가 처음이다!"

아까와 달리 당청의 목소리는 호탕하기 그지없었다.

"인정하지! 내가 잘못 생각했다."

본래 높은 자리에 있을수록 자신의 판단에 대한 잘못을 인정하는 일이 드물다. 권위에 상처가 생기기 때문이다.

그러니 당청이 잘못을 인정한다는 건 진자강에게 있어 매우 좋지 않은 일이다.

진자강은 뭔가 잘못됐다는 걸 깨달았다.

방금까지 자신의 생각대로 행동하던 당청이 갑자기 태도를 바꾸었다. 이래서는 안 되는 것이다.

당청이 손가락으로 진자강을 가리켰다.

"너는 자격이 있다! 장서각을 불태울 자격이 있어!"

이제는 당청의 마음을 깨달았는지 당귀옥마저 함께 미소를 짓고 있다. 그들과 달리 진자강의 표정은 점점 어두워져만 갔다.

당청이 작고 째진 눈을 크게 뜨며 말했다.

"내가 나이가 드니까 사람 보는 눈이 나빠졌어. 인정한다. 암, 인정하고말고. 너는 장서각 따위 열 채를 주더라도 아깝지 않은 녀석이야. 죽은 놈들 몇? 그까짓 놈들 수레로 퍼 와도 네 녀석 하나만은 못 해."

당청은 이제 아예 대놓고 진자강을 칭찬하기로 마음먹은 듯했다.

"배포도 있고, 결단력도 있어. 머리도 좋고 명석해. 잇속을 따지는 능력도 그 나이 때의 나보다 나아! 체질 때문에 무공의 한계가 있어 좀 아쉬운데, 아마 지금부터 노력하면 그래도 나중엔 열 손가락 안에 들기는 할 게야."

진자강은 감정을 드러내지 않기 위해 묵묵히 듣기만 했다.

당청이 입을 벌리고 웃으면서 말했다.

"네게 당가의 성씨를 허락한다! 내가 너를 키워 주겠다. 너는 앞으로 내 뒤를 이어 천하를 호령하게 될 것이다. 나보다 더 훨씬 큰 인물이 될 것이다."

당가의 무인들은 충격을 받았다.

이것은 모든 위계를 무시하고 진자강을 당가의 후계자로 삼겠다는 선언이나 마찬가지가 아닌가!

진자강은 기세에서 밀리고 있다는 걸 깨닫고 이를 악물었다. 진자강의 눈에서 살기가 피어올랐다. 진자강은 이를 드러내며 탈혼사의 고리를 잡아당기는 자세를 취했다. 언제라도 내공을 불어 넣어 포로들의 목을 자를 수 있다는 뜻이었다.

"부탁이라고 하지 않았습니다. 분명히 말했잖습니까. 협박이라고."

하지만 당청은 여전히 웃는 표정으로 가볍게 말했다.

"탈혼사를 당겨."

"……!"

진자강은 모골이 송연해졌다.

최악의 상황이 되고 말았다는 걸 깨달았다.

당청이 손짓했다.

"죽여라. 그 포로들을. 그리고 하란이는 죽이든 갖든 마음대로 해."

당청은 이제 부드러운 눈빛으로 진자강을 보기까지 했다. 귀까지 찢어진 입이 미소 짓고 있었다.

"그것들을 죽여서 생기는 자그마한 귀찮음쯤이야 내 너를 위해 감수하마. 네게 주는 선물이다."

진자강은 등줄기에 식은땀이 났다.

빠드득.

진자강이 이를 갈며 당청을 노려보았다.

당청이 웃기 시작했다.

이히히히! 이히히히히! 이— 히히히히히!

第七章

소리장도(笑裏藏刀)

　당청의 웃음소리만이 장내를 쩌렁쩌렁 울리는 가운데.

　진자강은 반응하지 않고 묵묵히 생각했다.

　당청은 세상을 정치적인 시선으로 보고 판단한다. 모든 상황과 사물, 사람들을 이용한다. 그것이 염왕의 칼이다.

　너무 정치적인 이유만 선택한다면 그것이 더 약점이 된다.

　진자강은 그리 여겼다. 오히려 그 점을 약점 삼아 염왕을 공격할 수 있을 거라 생각했다.

　진자강의 생각은 틀리지 않았다.

　다만 상대가 진자강보다 더 여러 자루의 칼을 가지고 있었을 뿐.

당청은 웃음소리를 거두고 진자강을 쳐다보며 싱글싱글 웃었다. 귀밑까지 찢어진 입 때문에 그 모습마저도 기괴하기 이를 데 없었다.

"무슨 고민을 하느냐. 선물이라니까? 마다할 것 없어. 얼른 받아 둬."

진자강이 답했다.

"아무런 대가 없이 이런 것을 받아도 되나 고민했습니다."

"세상에 대가 없는 호의가 얼마나 있겠느냐."

당청이 여전히 웃음기를 띤 채 눈을 번득였다.

"일단은 내 칼 중의 하나가 되거라."

"일단은…… 입니까?"

"잘 갈고 닦아 키워 주마. 약속한다. 나를 잘 따르기만 한다면 내가 죽고 난 후, 다음 세상은 네 것이다."

그야말로 엄청난 제안을 들은 셈이지만 진자강에겐 향기 없는 꽃이나 다를 바가 없었다.

"감당할 수 있겠습니까? 나는 본래 독문을 치기 위한 칼이었습니다."

진자강의 되물음에 당청이 답했다.

"오도입타초난발(吾刀入他□難拔)! 내 칼이 남의 칼집에 들어가면 뽑기 어렵다는 말이 있느니라. 내 것이라도 남의

손에 들어가면 자기 마음대로 쓰기 힘들다는 뜻이지. 네 칼
도 마찬가지. 내 칼집에 들어온 후에는 네 마음대로 쓸 수
없는 칼이 될 것이니라."

당청이 양손을 벌렸다.

"그러니까, 자아…… 어서 탈혼사를 당겨."

누가 봐도 진자강은 궁지에 몰렸다. 진자강은 어떤 행동
도 하지 못하고 결국 눈을 감았다.

자기가 목적이라면 스스로 죽는다고 협박해야 하나 고민
했다. 진자강의 행동은 저도 모르는 새에 탈혼사를 자기에
게 가까이 가져다 대는 것으로 드러나고 말았다.

그 모습에 당청이 낄낄거리고 웃었다.

"이히히히! 이히히히히! 사위가 되겠다면서 스스로 뒈지
겠다고 하면 말이 안 맞잖으냐, 이 새끼야. 이히히히. 처음
부터 그냥 무릎을 꿇고 살려 주십사 빌었으면 되는 일이야.
안 그래?"

그때에 진자강이 감았던 눈을 떴다.

눈자위 아래가 불그스름해져 있었다. 눈초리 끝에 혀가
아릴 정도의 날카로움이 묻어 나왔다.

당가의 고수들 몇이 피식했다.

견살기. 살기 중에서도 가장 하급으로 치는 살기의 유형.

그러나 그들의 비웃음은 순식간에 사라졌다.

눈자위의 불그스름한 살기가 사라지면서 진자강의 존재감이 점점 커져 갔다. 어지간한 내공을 지닌 고수들조차 몸이 쭈뼛거리며 소름이 돋았다.

진자강에게서 뿜어져 나오는 살기는 마치 아침에 돋은 햇살처럼 점차 거세졌다. 종내에는 수만 대군이 쏘아 대는 화살처럼 살기가 마구 날아갔다. 몇몇은 몸이 굳어서 내공을 끌어 올려 대항해야 할 정도였다.

"큭!"

무인들 중 누군가 신음을 내뱉으며 뒷걸음질을 쳤다.

하지만 진자강의 살기는 거기서 멈추지 않았다. 화살처럼 마구 날아가던 살기가 누그러지더니 갑작스레 안개로 화해서 맴돌았다.

가랑비에 몸이 젖는 줄 모르다가 정신을 차리고 난 후에는 온몸이 젖은 것처럼, 살기를 느낀 순간에는 압도당했다.

무공이 떨어지는 무인들은 벌써 오한을 느끼고 몸을 덜덜 떨었다.

거듭된 훈련을 통해 무감각하게 생사를 받아들여야 할 무인들이 죽음의 공포를 느끼고 있었다. 존재의 말살을 느낀 태초의 공포였다.

그들의 눈에는 진자강이 죽음 그 자체로 보였다.

내공을 이용한 살기가 아니라 삶에서 배어 나온 거친 야생의 살기.

진자강의 연배에서는 결코 볼 수 없는 살기이기도 했다.

그뿐 아니라 진자강의 오른쪽 얼굴, 목, 드러난 오른팔과 손에까지 뻘겋고 퍼런 핏줄들이 두드러지게 튀어나왔다.

광혈천공으로 내공을 끌어 올리고 있는 중이었다.

때문에 진자강의 모습은 더욱 스산해 보였다.

당귀옥이 고개를 살짝 끄덕였다.

"어떻게 저 나이에 관살기까지 도달하였을까."

당청도 감탄했다.

"제법 분위기를 낼 줄도 아는구나. 이모저모로 참 마음에 들어. 하지만."

당청은 고개를 흔들어서 진자강의 살기를 귀찮은 모기 쫓듯이 털어 버린 후 말했다.

"기다리기 지루하구나. 그래서, 대답은?"

진자강의 아래턱에 힘줄이 돋았다. 진자강은 이를 드러내며 말을 씹듯이 내뱉었다.

"나를 칼집에 넣고자 한다면, 설사 납도(納刀)하여 칼집에 넣었다 하더라도 그 칼끝이 어디를 향하고 있는지를 늘 지켜봐야 할 겁니다."

"칼집에 든 놈이 뭘 어쩌겠다고? 그건 내가 알아서 할 테니 괜한 걱정은……."

"금화상단의 후계자 구명복."

진자강이 누군가의 이름을 중얼거리더니, 내공을 한껏 폭발시켰다.

툭.

오른쪽 눈의 실핏줄이 터지며 눈이 피에 물들고, 진자강의 손에 들린 탈혼사의 고리가 일 회 당겨졌다.

사방이 고요해졌다.

한껏 당기고 있던 활시위를 갑자기 놓아 버린 듯.

진자강의 행동이 적막을 촉발시켰다.

진자강의 혈안도 분위기를 한층 음산하게 만들었다.

게다가 진자강이 탈혼사를 당기기 전에 한 말의 의미는 무엇인가?

"상보련의 주인 이위행!"

이번엔 아까보다 조금 더 소리가 높아졌다. 진자강이 이를 질끈 물고 탈혼사를 당겼다.

투툭!

목의 실핏줄이 터져 피가 샜다.

"······."

당귀옥은 뭔가 불편한 얼굴이 되어 입을 우물거렸고, 당청도 말을 않았다.

"오행문 장로 위국!"

진자강이 삼 회째 탈혼사를 당겼다.

투툭!

오른쪽 손목과 머리에서 피가 터져 진자강의 몸은 점점 피로 덮여 갔다.

그런데…….

갑자기 당가의 무인들이 크게 놀랐다.

"저, 저저……!"

지하 절옥으로 이어진 탈혼사의 실 중간에 왠지 모를 핏방울이 맺혀 있었다.

그것은 진자강이 의도한 바는 아니었으나, 탈혼사의 특징 때문에 벌어진 일이었다.

내공을 탈혼사에 힘껏 밀어 넣을 때마다 비늘처럼 생긴 탈혼사의 보풀이 날카롭게 일어선다. 그때에 보풀의 방향을 따라 지하 절옥에서부터 역으로 핏방울이 올라오는 것이다.

지하절옥에서 무슨 일이 생겼는가는 더 보지 않아도 말할 필요가 없었다.

잘린 목에서 뿜어진 핏줄이 탈혼사에 맺혀 올라오고 있는 것일 테니까.

"무산보의 보주 송산인!"

진자강이 또다시 누군가의 이름을 외며 탈혼사에 내공을

밀어 넣는 순간, 탈혼사에 맺혀서 핏방울이 다시 주르륵 탈혼사를 타고 당겨 올라왔다.

투투툭.

이제 진자강의 우반신은 완전히 피에 젖었다. 혈인이 되어 계속해서 실피를 뿜어내고 있었다.

탈혼사를 백 척 길이로 늘려 거기에 내공을 불어 넣는 것은 결코 쉬운 일이 아니었다. 진자강으로서도 상당한 무리를 하고 있는 셈이다.

당청이 중얼댔다.

"피를 뿌리고…… 피가 딸려 오고…… 그 밑에는 머리가 구르고 있겠고."

당청의 여유로움은 많이 줄어들었다.

"네놈. 설마하니 그 이름을 외는 것은……."

당청이 진자강에게 말을 걸었는데 진자강이 다시 탈혼사를 당겼다. 당청의 말이 끊겼다.

"용선사 주지승 하강!"

투툭. 진자강의 몸에서 또다시 샘처럼 가느다란 실피가 뿜어져 나왔다. 탈혼사에 맺힌 핏방울이 늘어났다. 핏방울이 줄줄이 맺혀서 딸려 올라왔다.

당청이 다소 굳은 얼굴로 진자강에게 물었다.

"다시 묻겠다. 네놈이 지금 외고 있는 그 이름들은……."

"남인장의 총관 왕한부!"

진자강은 눈을 크게 치켜뜨고 이를 악물었다. 송곳니가 드러날 정도로 온 힘을 다해서 내공을 밀어 넣었다. 얼굴이 시뻘게지며 계속해서 피가 튀었다.

혈안에 혈인이 되어 이를 드러내고 있는 진자강의 모습은 악귀에 가까웠다. 당가의 무인들은 섬뜩해져서 자기들도 모르게 마른침을 꿀꺽 삼켰다.

당청이 얼굴을 잔뜩 일그러뜨리며 내공까지 담고 폭발적으로 고성을 질렀다.

사람이 물어보고 있잖냐, 이 새끼야!

그제야 진자강이 행동을 멈추었다.

한 모금으로 일으킨 내공을 모두 소모하여 내공까지 풀렸다.

뚝, 뚝. 뚝.

탈혼사에 맺혀 있던 지하 절옥 죄수들의 피가 바닥에 뚝뚝 떨어졌다.

"후욱, 후욱."

진자강은 숨을 몰아쉬었다.

그러나 헐떡댄다고 해서 지친 것처럼 보이지는 않았다.

악귀 같은 얼굴로 살기등등한 표정을 짓고 있었다. 웃고 있지는 않지만 누가 옆에서 옆구리라도 쿡 찌르면 금방이라도 당청처럼 이히힛! 하고 웃을 것만 같은, 그 직전의 표정.

무엇보다 거슬리는 건 진자강의 시선이었다. 진자강은 탈혼사를 당겨 죄수를 죽일 때부터 지금껏 단 한 번도 당청에게서 눈길을 떼지 않았다.

으드득, 당청이 제멋대로 난 이를 갈면서 말했다.

"너 이놈의 자식, 똑바로 대답해 보아라. 아까 마지막으로 올려 보냈던 죄수의 이름이 뭐냐."

진자강은 거침없이 대답했다.

"대천문의 문주이며 중경회의 회주, 원녕."

확실해졌다. 진자강은 자신이 죽이고 있는 자들의 이름을 부르고 있는 것이다.

그 의미를 당청이 어찌 모를까!

진자강은 칼을 갈고 있는 중이었다. 칼날 하나하나에 지하 절옥 죄수들의 원념을 새겨서, 칼집에 들어가더라도 잊지 않도록.

언젠가 그 칼로 당청의 목을 그을 것을 맹세하는 의식인 것이다!

으드드득!

당청은 몇 번이나 부서져라 이를 갈았다.

"이 새끼가……."

당청의 눈에 살심이 깃들었다.

당청의 주변에 있던 무인들은 갑자기 진자강의 살기가 옅어졌다고 생각했다. 그러나 실상은 당청의 살기에 진자강이 대응하기 위해 자신의 살기를 집중하고 있기 때문이었다.

당청은 이 순간 진자강을 죽여야 한다는 강렬한 유혹을 느끼고 있었다.

위험한 놈이다.

지금 이놈을 죽여야 한다!

겨우 저 어린 핏덩이에게 위협을 느꼈다고 한다면 부끄럽고 창피한 일일 수도 있었다. 방금까지 인정한다며 사위로 삼겠다고 해 놓고 죽인다면 뭇 이들의 조롱을 받을 수도 있었다.

그러나 위험하다.

이놈은 너무 위험하다.

도무지 살려 둘 수가 없다! 자신의 명망과 권위와 체면이 모두 상할 것이 분명하다 할지라도 죽여야 한다! 망료와의 약속이고 뭐고! 천하를 도모하는 대업이 눈앞에 다가왔다 하더라도!

당청의 손이 꿈틀댔다. 하지만 그 순간 시기적절하게 당귀옥이 개입했다.

"아무리 잘 드는 칼이라도 날이 거꾸로 벼려 있어서야 영 쓸모가 없지 않겠습니까, 오라버니?"

그 말에 당청은 퍼뜩 정신이 들었다.

당귀옥이 자신을 일깨워 준 것이다.

왜 자신이 진자강에게 집착하고 있는가? 그래 봐야 자신에 비하면 한낱 애송이에 불과하거늘, 왜 자신이 진심으로 대응하고 있는 것일까.

"현혹당했나."

진자강의 살기와 불쾌한 말투, 반항기 어린 행동에 반응해 자기도 모르게 이성을 잃었다. 간만에 마주한 관살기에 영향을 받은 모양이었다.

당청은 길게 호흡을 내뱉어 사념을 흩어 버렸다.

"후우욱!"

그러자 정신이 말끔해졌다. 뜨거워졌던 머리와 좁아졌던 시야가 원래대로 돌아왔다.

기댈 거라고는 자신의 한목숨밖에 없는 진자강과 자신이 쌓아 온 것들을 어찌 비교할 수 있을까. 수십 년간 쌓아 온 그것들을 버려서라도 진자강을 죽이려 했던 자신이 우습게 생각될 지경이었다.

당장 대업이 코앞인데 애송이 하나 때문에 이성을 잃어 모든 걸 망칠 뻔했다.

자신을 이토록 흥분하게 만든 놈이니 나중에는 죽여 없애야 하겠지만 지금은 아니다. 진자강 하나 때문에 대업을 망치기에는 자신의 책임이 너무 막중하다.

"놈이 선물을 받지 않으니 더 이상 여기서 내가 할 일이 없군. 나머진 가주인 네가 알아서 하려무나."

당청은 결론을 내리자마자 지체 없이 돌아서 버렸다.

당청의 변덕을 당가의 무인들은 잠시 어리둥절해하다가 금세 받아들였다.

절대자의 변덕.

그것은 당청이 가진 여러 칼 중 하나로 절대자만이 휘두를 수 있는 전가의 보도였다.

그러나 결국 당청은 전가의 보도를 꺼내 들면서까지 정치적인 판단으로 되돌아가고 만 것이다.

당청은 그대로 뒷짐을 진 채 장내를 떠나 버렸다.

당가의 무인들은 급히 포권하며 당청을 배웅했다.

어리둥절할 정도로 바뀐 당청의 태도 때문에 분위기가 급변했다.

진자강은 칼날 위에서 다른 칼날 위로 옮겨 간 것 같은 기분이 들었다.

당귀옥에 대해서는 거의 정보가 없다.

당가의 가주임에도 당청의 그늘에 가려져 존재감이 거의 없다는 것 정도만 알고 있다.

그러나 조금 전 당청이 스스로의 화를 주체하지 못하고 폭발했을 때, 당청을 말린 사람이 바로 당귀옥이었다.

당귀옥이 세간의 평처럼 허수아비라면 절대로 할 수 없는 행동이었던 것이다. 게다가 당귀옥은 말 한마디로 당청이 달아날 길까지 열어 주었다.

절대로 얕볼 수 있는 인물이 아니다.

진자강은 호흡을 가다듬고 언제라도 광혈천공을 끌어 올릴 수 있도록 대비했다.

당귀옥은 당청이 모습이 사라지자 느긋한 얼굴로 진자강을 주시했다.

불편한 눈빛은 전혀 없다. 마치 진자강의 오래된 기억 속에 남아 있는 외할아버지 손위학의 그것처럼 따뜻함이 깃든 표정이다. 정면으로 눈을 마주하고 있는데도 거리낌이 느껴지지 않는다.

당귀옥은 당청보다 나이가 어리다는 게 믿어지지 않을 정도의 주름진 얼굴로, 늙수그레한 음성으로 진자강에게 말을 건네었다.

"언제까지 그러고 있을 게냐?"

진자강은 당귀옥의 의도를 알 수 없어 입을 닫고 침묵했다.

당귀옥이 손을 휘저었다.

"탈혼방주만 남고 다들 물러가거라."

당가의 무인들과 무사들은 다소 의외이기까지 한 당귀옥의 명령을 아무런 반발 없이 바로 이행했다. 당귀옥에게 예를 갖추고 순식간에 철수하기 시작했다. 담장 위를 지키고 있던 궁수들마저도 일제히 일어나 포권하더니 금세 사라졌다.

당귀옥의 의자를 들어야 할 무인 둘과 탈혼방주 당상율만 자리를 지켰다.

"경계할 것 없다. 나는 너를 놓아줄 셈이다."

진자강의 눈이 더욱 날카로워졌다.

"이유 없는 호의를 받을 주제는 안 되어서 말입니다."

"네 입장에서는 이유 없는 호의라 생각하겠지만 내 입장에선 당연한 제안이다."

진자강의 반문에 당귀옥이 미소 지었다.

"나는 오라버니와 다르다. 나는 가문의 규율이 어긋나지 않도록 수호(守護)하고 수구(守舊)하기를 원칙으로 삼는 사람이다. 그게 무슨 뜻인지 알겠느냐?"

진자강은 바로 대답할 수 있었다.

"그래서 사람들을 물렸군요."

"영특하구나. 칭찬해 주마."

지금 진자강이 벌이고 있는 행동은 당가로서는 감춰야 할 치부다. 세간에는 물론이고 당가 내에서도 자세히 알려져 봐야 좋을 게 없는 일이다.

하여 당귀옥은 바로 보는 눈부터 줄여 버린 것이다.

진자강이 일부러 당가의 무인들이 잔뜩 모일 때까지 기다렸던 이유와 반대다.

"오라버니는 파격적으로 너를 후계자에 올리겠다 말씀하셨고 또 그럴 만한 의지와 힘이 있는 분이지만, 그런 일이 벌어지면 내겐 여간 골치 아픈 일이 아닐 수 없단다. 가문에는 엄연히 위계가 있고 질서가 있고 규율이 있으니까."

염왕 당청이 당귀옥에게 맡긴 이유가 바로 드러났다.

당귀옥에게 맡기면 어떻게 처리될지 당청은 이미 알고 있었던 것이다.

하나 진자강은 긴장을 늦추지 못했다. 보는 눈이 줄었으니 오히려 당귀옥이 무슨 짓을 저지를지 알 수 없었다. 말로 한 약속 따위야 순식간에 뒤집어 버려도 그만이었다.

당귀옥이 이 정도면 됐지 않느냐는 투로 진자강을 쳐다보았다.

"아직 나를 믿지 못하겠다면, 네가 원하는 바를 말해 보거라. 놓아준다고 해도 가지 않겠다 하는 걸 보니 원하는 게 따로 있는 모양이로구나."

진자강은 탈혼사를 놓치지 않도록 꾹 그러쥐고 대답했다.

"하란 소저와 함께 이곳을 나가겠습니다."

당귀옥이 잠시 생각하더니 말했다.

"가능은 하다."

"조건이 붙는 겁니까?"

"하란이는 규율을 어겨 벌을 받아야 한다. 너는 시험을 통과하였으니 선택할 자격이 있으나, 하란이는 그렇지 못하다. 당가의 혈족으로서 응당 책임을 져야 하지."

"내가 어찌하면 됩니까?"

"하란이를 데려갈 수는 있으나, 머잖아 본 가의 추살대가 붙을 것이다. 너는 영리하니까 어쩌면 추살대를 뿌리치고 꽤 오랫동안 평범하게 살아갈 수도 있을지도 모르겠구나. 하지만 사는 동안 우리의 추격을 평생 벗어날 수는 없다는 건 알아 둬야 할 거란다. 설사 수십 년이 걸린다고 해도."

당귀옥의 옆에 서 있는 당상율이 턱을 들고 오만한 표정으로 진자강을 보고 있었다. 그때엔 자신을 만나게 될 거라는 은연중의 표현이다.

탈혼방의 방주.

추살대를 보내는 것이 바로 그의 임무다.

당귀옥이 말을 계속했다.

"오라버니가 너를 두고 모종의 거래를 한 모양이니까, 운이 좋다면 네 처분만은 미뤄질 수도 있겠지. 하나 하란이는 결코 본 가의 굴레에서 벗어날 수 없다."

진자강이 당상율의 시선을 똑바로 마주하며 당귀옥에게 물었다.

"다른 길도 있습니까?"

"네가 본 가에 영입되어 포상으로 하란이를 갖겠다고 하면 용인된다. 그것은 내가 장담하마."

진자강은 그제야 조금 전에 당청이 하란을 죽이든 갖든 마음대로 하라고 한 말의 뜻을 이해했다.

"그건 별로 마음에 들지 않는군요."

"물론 너는 당씨가 되기 싫을 테니 그쪽은 아예 고려하지도 않을 테지. 이미 알고 있단다."

당귀옥은 정확하게 진자강의 마음을 꿰뚫고 있었다. 사실 진자강의 태도를 보면 누구라도 알 수 있을 만한 얘기였다.

진자강은 부인하지 않고 답했다.

"정확합니다."

"그렇다면 남은 방법은 처음의 하나뿐이로구나. 받을 수 있겠느냐?"

진자강은 당귀옥을 한참이나 바라보다가 천천히 탈혼사의 고리를 내렸다.

차르르륵.

탈혼사가 감기기 시작했다.

진자강이 인질의 목에서 탈혼사를 풀고 있었다.

"생각보다 쉬운 조건이었습니다. 받겠습니다."

그 순간, 당상율의 눈빛이 번뜩였다. 당상율은 진자강을 위아래로 훑어보며 진자강의 모습을 잊지 않겠다는 듯 눈에 담았다.

진자강은 당상율을 보면서 탈혼사를 모두 감고 고리까지 수납시켰다.

탈혼사가 풀리고 나서 얼마 지나지 않아 당하란이 지하절옥의 계단을 올라왔다. 당하란은 여전히 혼례복을 입고 있는 상태였다.

당하란은 진자강이 피 칠갑을 하고 있는 걸 보고 놀랐다가 주변에 당귀옥 말고 다른 이들이 없는 것을 보고 전후 사정을 짐작했다.

"대고모님……."

당하란은 입술을 꾹 다물었다.

가문을 배신한 입장에서 감옥까지 탈출한 마당에 할 말이 있을 수가 없었다.

하지만 당귀옥은 달랐다.

당귀옥은 푸근한 얼굴로 당하란에게 손을 내밀었다.

"내가 네 혼인날 직접 끼워 주고 싶었건만, 상황이 이리 되고 말았어."

당귀옥의 손에는 옥으로 만든 가락지가 들려 있었다.

당하란은 굳은 얼굴이 되어 당귀옥의 앞까지 갔다. 무릎을 꿇고 당귀옥에게 가락지를 받았다.

"성도의 장인이 만든 옥가락지이니 팔면 당분간의 여비로는 충분하고도 남을 것이다. 행복하게 살렴."

추살대를 보낸다는 사람의 행동치고는 매우 역설적이어서 소름이 끼쳤다.

당하란도 그것을 느낀 듯 얼굴이 하얗게 질려 있었다. 그러나 당하란은 애써 꿋꿋하게 고개를 끄덕였다.

"그렇게 하도록 하겠습니다, 대고모님. 감사합니다."

당귀옥의 눈이 가늘어지며 웃었다.

"이제 두 사람은 가도 좋네. 백 일 후에……."

그때 당하란이 배에 힘을 주고 답했다.

"아뇨. 필요 없습니다. 저는 백 일이 아니라 천 일이 걸려도 이 사람을 배신하지 않을 거예요."

당가의 일원으로서 잘못된 행동을 하면 백 일 이내에 바로잡아야 한다. 당하란이 당가로 돌아올 수 있는 유일한 방법은 그 안에 진자강을 죽이고 탈혼사를 되찾아오는 것뿐이다.

그러나 당하란은 그 유일한 기회를 포기함으로써 돌아올 여지를 애초에 차단하겠다는 것이다.

"네 의지가 그렇다 해도 마찬가지다. 시기를 조금 더 당기는 정도야 못 할 건 아니지만 그럴 필요가 없으니까."

당귀옥이 진자강에게 물었다.

"그래. 이제 어디로 갈 셈이냐?"

진자강은 두려워 않고 대답했다.

"우선은 청성산으로 갈 생각입니다."

당귀옥이 고개를 끄덕이더니 당상율에게 말했다.

"탈혼방주. 이 아이들에게는 시간이 필요한 것 같은데, 둘이 무사히 청성산까지 갈 수 있었으면 좋겠군. 그리해 줄 수 있겠지?"

"명이시라면."

진자강은 당귀옥의 말에서 거대 세가로서의 묘한 자존심을 느꼈다. 그것은 마치 자신들 말고는 진자강과 당하란을 건드릴 수 없다고 포고하는 것과 같았다. 그래서 오히려 죽일 생각을 하고 있으면서도 자신들이 나설 때까지 진자강과 당하란을 보호하는 입장에 서는 것이다.

당상율이 품에 손을 넣었다가 한 장의 길쭉한 대나무쪽을 꺼내 들었다.

피잇!

대나무쪽이 날아와 당하란의 발밑에 박혔다. 노란색으로 칠해진 죽간에 붉은색 글씨가 이리저리 쓰여 있었다.

당하란의 표정이 핼쑥해졌다.

"염라간(閻邏簡)!"

당하란은 입술을 깨물고 염라간을 보고 있었다.

"그 의미는 잘 알고 있겠지."

당상율의 말에 응대한 것은 진자강이었다. 진자강은 염라간을 뽑아 읽어 보지도 않고 두 조각으로 부러뜨려 버렸다.

"경쟁자가 많으니까 힘내셔야 할 겁니다."

제갈가의 최명부에 이어 염라간까지.

진자강은 헛웃음이 나왔다.

참으로 피곤한 삶이 아닐 수 없었다.

당상율이 입가에 싸늘한 조소를 담았다.

"젊은 피의 패기가 참으로 보기 좋구나. 그것도 지금에나 할 수 있는 행동이겠지. 밖에서 나를 만나면 지금과는 좀 다를 것이다. 대부분은 오금이 저려 움직일 생각도 못 하더군."

진자강은 빤히 당상율을 보았다.

"좀 전에 내가 한 협박 못 봤습니까?"

그 정도의 협박은 우습다는 명백한 비꼼이다. 당상율의 눈빛에 빠르게 살의가 떠올랐다가 사라졌다.

"흘흘흘. 탈혼방주까지 흔들다니, 대단하구나."

당상율이 고개를 숙였다.

"죄송합니다."

진자강은 다른 의미로 인사했다.

"별말씀을."

당귀옥이 웃었다.

"자아, 이제 그만 가거라. 떠날 사람은 얼른 떠나야지. 멀리서나마 너희 두 사람을 응원하고 축복해 주마."

하나 당하란은 움직일 생각을 못 하고 있었다. 어떻게 보면 막막하기까지 한 모습으로 멍한 상태였다.

태어나면서부터 몸담았던 가문에서의 축출.

그리고 이제는 가문의 적이 되어 쫓기는 신세가 된 당하란이다.

그 간극에서 오는 신세의 처량함은 당분간 스스로 극복해야 할 부분일 터였다.

누구보다 당가를 잘 알고 있기에 더더욱.

진자강은 당하란의 손을 잡았다. 당하란이 진자강을 보았다.

"가죠."

당하란이 천천히 고개를 끄덕였다.

진자강은 당하란의 손을 잡고 절옥의 장원을 나가는 수화문 쪽으로 이끌었다. 정말로 아무도 둘을 막는 이가 없었다.

당귀옥은 이제 두 사람에게 관심이 없는 듯했다. 둘이 없는 것처럼 당상율에게 곧바로 명령을 내렸다.

"스물셋 중 여섯이 죽었으니 열일곱이 남았군. 처리하게."

진자강이 갑작스러운 당귀옥의 말에 놀라서 돌아보았다.

당상율이 고개를 좌우로 꺾어 "우득" 소리를 내며 지하 절옥으로 진입하고 있었다.

당하란이 외쳤다.

"대고모님!"

당귀옥은 뒤도 돌아보지 않고 말했다.

"싫든 좋든 마무리를 하는 것도 어른의 의무란다. 적과 내통하여 배신한 자들을 그대로 둘 수는 없지."

당귀옥이 서서히 고개를 돌렸는데 여전히 느긋하면서도 푸근한 웃음을 짓고 있었다!

"으아악!"

"아악!"

당상율이 지하 절옥으로 들어간 후부터 비명 소리가 끊

이지 않고 들려왔다.

진자강은 당귀옥의 웃음에서 진한 피 냄새를 맡을 수 있었다.

"제가 잘못 본 겁니까? 그리 싫어하는 것 같아 보이지는 않는데요."

당귀옥의 눈웃음이 짙어졌다. 얼굴의 주름살이 전부 다 웃고 있었다.

당하란의 목소리가 떨렸다.

"소리장도……."

혹은 소중도(笑中刀).

옆집 할머니처럼 다정한 웃음 속에 숨기고 있는 칼.

당청과는 결이 다르지만 당귀옥 역시 당가를 이끄는 한 사람.

어떤 면으로는 결코 당청에 뒤지지 않는다고 볼 수 있었다.

다소의 손해를 무릅쓰고라도 배신자를 처단함으로써 본보기로 삼는다.

그것은 당가라는 거대한 가문을 유지하고 결속을 다지기 위한 가주로서의 처세.

진자강이 죄수를 인질로 잡고 죽이는 걸 내버려 두는 것과 당가에서 스스로 죄수를 처분하는 것은 엄연히 다르다.

이제 앞으로는 누군가가 다시 진자강처럼 행동한다 해도 죄수들이 그에게 협조하지 않게 될 것이다. 그리고 또한 불편과 손해를 마다하지 않는 당가의 단호한 대처에, 오히려 포로들은 겁을 먹고 당가에 협조하고자 할 것이다.

진자강은, 이 순간 자신이 상대해야 하는 이들이 어떤 자들인지 뼈에 사무치도록 느낄 수 있었다.

第八章

인연의 경위(經緯)

　진자강과 당하란은 마침내 당가대원을 벗어났다.

　멀리서 당가대원의 장원을 바라보는 당하란의 눈빛에 아스라한 슬픔이 맺혔다.

　진자강은 당하란이 충분히 마음 정리를 할 때까지 기다려 주었다.

　당하란은 한참이나 언덕 위에 서서 당가대원을 내려다보았다.

　한 식경, 두 식경…….

　굉장히 오랜 시간이 걸렸으나 진자강은 단 한 번도 당하란을 재촉하지 않았다.

방해가 되지도, 너무 동떨어지지도 않은 거리에서 가만히 당하란을 지켜봐 주었다.

세상이 노을에 물들고 해가 지며 땅거미가 내려앉기 시작했다.

그때가 되어서야 마침내 당하란이 입을 열었다.

"이봐요. 거기 있죠?"

앉아 있던 진자강도 몸을 일으켰다.

부스럭 소리로 대답을 대신한 진자강이다.

당하란이 말했다.

"나 언제까지 여기 있게 둘 거야. 나 좀 데려가 줘요."

진자강이 담담하게 미소를 지으면서 대답했다.

"소저는 이제 마음대로 걸어도 됩니다."

"그건 알아. 그런데……."

당하란이 돌아서서 진자강을 보았다. 아직까지도 눈물이 고여 있었다. 얼마나 울었는지 볼이 다 빨개져 있었다.

당하란이 울먹이면서 말했다.

"내 힘으로 발을 뗄 수가 없어서 그래."

진자강은 본능적으로 당하란을 끌어안았다. 망부석처럼 움직이지 않을 것 같던 당하란이 진자강의 품에 안겼다.

당하란은 잠시 흐느끼다가 진자강의 손을 꼭 잡았다. 그리고 떨어지지 않는 발을 뗄 준비를 했다.

드디어, 당가 밖으로.

늘 당가의 편에서 적을 말살하다가 이제는 죽는 날까지 당가에 쫓기는 신세가 되어.

당하란은 첫걸음을 내디뎠다.

한 걸음, 한 걸음을.

어색하기만 했던 그 걸음이 어느새 자연스러워져서, 당하란은 얼마 지나지 않아 아무렇지 않게 진자강과 나란히 걸을 수 있게 되었다.

"미안해요. 나 때문에 지루했지?"

"아뇨. 괜찮습니다."

"당신은 정말 사려가 깊은 사람이야. 나 같은 여자가 좋아하기 아까울 정도로. 그런 사람이 왜 여기까지 오게 되었을까."

"사연이 깁니다."

"아마 대부분은 내가 알고 있는 사연이겠지."

당하란이 말끝을 흐리며 쓸쓸한 표정을 지었다.

"미안해……."

방금의 미안하단 말과는 전혀 다른 의미의 사과였다.

진자강은 대답 없이 고개를 끄덕이기만 했다. 당하란을 받아들이기로 했지만 아직은 진자강도 조금 혼란스러운 시기였다.

진자강은 온몸이 피 칠갑이고 당하란은 혼례복 차림이라
사람들의 눈에 띄었다.

둘은 사람이 많은 성도로 들어가지 않고 인적이 드문 산
길을 택했다.

그런 둘의 움직임을 기민하게 좇는 한 쌍의 눈동자가 있
었다.

평범한 사냥꾼 복장을 한 그가 막 진자강과 당하란을 따
라가려는 순간.

당가의 고수가 그의 앞을 가로막았다.

두 사람이 말없이 서로를 마주 보았다.

먼저 말을 꺼낸 것은 당가의 고수였다.

"여기가 사천이라는 걸 잊지 맙시다."

사냥꾼이 되물었다.

"사천이 당가의 소유는 아니지 않소?"

"하지만 여기는 본 가의 지척이지. 열흘 전부터 이 근처
에 있는 걸 보았소. 본 가를 정탐하고 있던 걸 알고 있소이
다."

"이젠 댁들에겐 관심 없으니 비켜서시오."

"안됐지만 그럴 수 없소이다. 저 중 한 명이 본 가의 염

라간을 받았으니까."

당가의 먹이를 건들지 말라는 당가 고수의 경고였다. 거기에 사냥꾼이 곧바로 대응했다.

"마침 나도 본 가에서 저들 중 한 명에게 발부한 최명부를 회수해야 해서 말이오. 더구나 염라간을 받은 쪽은 이미 당가에서 쫓겨났으니 당가의 사람이 아니지 않소? 그렇다면 우리 제갈가의 행사를 방해할 이유가 없지."

"오늘부터 백 일!"

당가의 고수가 단호하게 말을 내뱉었다.

"백 일간은 여전히 당씨지만, 당문의 사람의 아닌 것. 때문에 남의 손에 처분을 맡겨 둘 수 없는 점. 제갈가라면 이해해 주리라 믿소."

당가와 제갈가는 둘 다 무림세가로서 가문의 규율과 무림문파로서의 규율을 모두 지켜야 하는 어려움이 있다. 같은 처지라는 점을 강조한 것이다.

잠시 생각하던 사냥꾼이 답했다.

"그렇게까지 말씀하신다면, 이번은 작은 빚을 달아 두는 것으로 만족하도록 하겠소."

당가의 고수가 포권했다.

"양해해 주어 감사드리오."

제갈가의 사냥꾼도 포권하며 답했다.

"이화 부인께 안부 전해 주시오."

둘은 정중하게 포권을 나눈 후, 한 번 돌아보지도 않고 서로를 지나쳐서 제 갈 길로 걸어갔다.

*　　　*　　　*

이미 저녁 잠자리에 들어야 할 시간.

당청은 혈족의 후기지수들을 불탄 장서각의 앞으로 모두 불러 모았다.

십 대부터 이십 대까지.

모두가 당가의 미래를 책임질 이들이었다.

남녀 구분 없이 열댓 명이 모두 일렬로 서서 당청의 날카로운 눈초리를 받으며 훈시를 들었다.

"오늘 있었던 일을 모두 들었을 것이다."

이들은 당가의 후기지수로서 차기 당가를 이끌기 위해 모두 후계자 교육을 받고 있다. 고로 당가의 고급 정보에 어느 정도 접할 수 있는 자격을 갖고 있다.

거기다 가문 내의 소문은 빨리 퍼진다. 그것도 영광스러운 권좌를 노리는 후계자들은 누구보다도 가문 돌아가는 소식을 접하려 노력한다.

똘똘해 보이는 열여섯, 일곱쯤 되어 보이는 남자아이 한 명이 대답했다.

"독룡. 운남 약문의 후계자이며 마구잡이로 독문 소속 무인들을 학살하며 이름을 떨쳤고, 이후에 영봉과 묵룡을 쓰러뜨려 명성을 얻은 걸로 알고 있습니다."

당청이 그 남자아이의 앞으로 가서 섰다. 당청의 체구는 왜소해서 아이보다 작았다. 하지만 아이는 감히 당청을 내려다보지 못하고 무릎을 꿇었다.

"영봉은 누가 죽였느냐?"

"독룡이……."

당청이 한심하다는 듯 혀를 찼다.

"우리가 죽였다."

"예엣?"

아이들이 놀라서 눈을 크게 떴다.

"우리의 독으로 죽었다. 독룡이 아니라. 그리고 확실히 매듭을 짓기 위해 암살자까지 보냈는데, 암살자는 독룡에게 죽어서 돌아오지 못했다."

당청이 말을 끊었다가 다시 물었다.

"영봉이 죽은 사건이니 관심이 있어 다들 보았겠지. 그리고 이젠 우리가 독을 쓰고 암살자까지 보냈다는 걸 알았을 거다. 그럼 거기서 제일 주의해야 할 인물이 누구이냐?"

아이들이 눈치를 보는 중에 한 여자아이가 대답했다.

"독룡입니다."

당청은 즉시 여자아이의 앞으로 다가가 뺨을 후려쳤다.

짝!

여자아이가 비틀거리다가 다시 똑바로 섰다.

당청이 옆의 남자아이를 보았다. 남자아이가 급히 대답했다.

"제갈가입니다!"

짝!

당청이 다시 그 옆으로 갔다.

"모, 모르겠……."

짜악!

당청은 서 있는 모든 아이들의 뺨을 후려쳤다. 순식간에 한쪽 뺨이 벌겋게 붓고 입술이 터졌다.

당청이 씩씩거리면서 재차 물었다.

"영봉이 죽었고 암살자도 죽었다. 하지만 독룡은 살아 있고, 영봉과 함께 있던 호위 무사 한 놈도 여전히 살아 있다. 그리고 호위 무사란 놈은 독룡이 영봉을 죽였다고 증언했어. 제갈가는 암살자의 존재조차 모른다. 그럼 누구를 주의해야 하느냐?"

당청은 역순으로 묻기 시작했다.

"호위 무사입니다!"

짜악!

반대쪽의 뺨을 맞은 첫 아이가 자리에 주저앉았다.

"호, 호위 무사가 아니면 누, 누구……."

짝!

다음 아이는 당청의 따귀가 무서워 내공을 일으켜 뺨을 보호했다. 그러나 오히려 아이의 내공에 당청의 내공이 반발되어 뺨이 터지고 이가 부러졌다.

"으아악!"

아이가 얼굴을 붙들고 바닥을 뒹굴었다. 당청은 오히려 쓰러진 아이를 발로 걷어차고 다음 아이에게로 향했다.

처음에 대답했던 똘똘한 남자아이였다. 그 아이가 땀을 뻘뻘 흘리면서 대답했다.

"호위 무사는 맞지만 단순 호위가 아니라 제갈가의 가신이었습니다!"

당청이 원했던 것은 자세한 대답이었던 것이다.

이름까지는 몰랐으나 그 정도만으로도 충분했다 생각했는지 당청은 들었던 손을 내렸다.

그러나 남자아이의 다음 아이들을 모두 후려쳤다.

삽시간에 그 아이를 제외한 나머지 아이들의 양쪽 뺨이 통통 부었다.

당청이 이를 갈았다.

"너희들은 글러 먹었어! 너희들은 분명히 들었을 것이다! 내가 독룡을 후계자로 삼겠다 했다는 말을!"

아이들은 이를 악물고 버텼다.

"그런데 어떻게 한 놈도 항의하는 놈이 없어! 후계자 교육을 받고 있는 놈 중에 아무도 반발하는 놈이 없어! 언제부터 우리 당가가 그만한 패기도 야망도 독기도 없이 흐리멍덩한 놈들 천지가 되어 버렸느냐! 어떻게 너희 같은 놈들을 믿고 당가를 맡기겠느냐!"

으드드득.

당청은 아이들이 소리를 들을 정도로 이를 갈면서 다시 손을 들었다.

짝! 짜악! 짝!

"내가 그놈에게 협박당하면서도 그놈이 얼마나 갖고 싶었는지 알아?"

짝! 짝!

"오랜만에 물건을 만나서 정말로 갖고 싶었다. 네놈들을 짝으로 가져다주고서 바꾸고 싶었어! 멍청이들, 아둔한 것들. 하란이만도 못한 것들."

당청은 아이들을 거의 반 시진이 넘도록 뺨을 때리고 발로 걷어찼다. 아이들의 얼굴은 붓고 찢어져서 피투성이가 되었다.

겨우 서 있긴 했으나 다들 다리를 후들거리며 제대로 서 있질 못했다.

씩씩거리며 아직도 분이 풀리지 않은 당청이 옆으로 손을 내밀자 서생이 달려와 하얀 천을 내밀었다. 당청의 손은 온통 피투성이였다. 하얀 천으로 닦자 섬뜩하게 피가 묻어 나왔다. 그러나 당청의 손은 멀쩡했다. 수백 대를 때렸으니 붓거나 멍이 들었을 만한데도 전혀 아무렇지 않았다.

"이놈들 한 달 동안 뱀 굴에 처넣어."

아이들이 경악에 찬 눈으로 당청을 쳐다보았다.

당청의 뒤에 서 있는 서생들은 무덤덤한 표정으로 즉시 서류를 작성해 당청의 수결을 받았다. 곧 당가의 무사들이 다가와 아이들을 데려가기 시작했다.

아이들은 반항하지 못하고 떨면서 끌려갔다. 당청의 분노가 극심하다. 말로는 대들라고 하지만 대들었다가는 무슨 꼴을 당할지 알 수가 없다.

아니, 당가에서 당청에게 대들 수 있는 사람이 누가 있겠는가.

아마도 당귀옥 외에는 거의 없다고 봐도 무방할 것이다.

아이들은 뱀 굴에서 한 달을 버텨야 한다는 걸 깨닫고 아랫입술을 꽉 깨물었다.

재가 된 장서각으로 불러 모은 이유가 있었다.

바로 곁이 봉치방이고, 그곳 지하에 뱀 굴이 있었던 것이다.

당청은 몇 번이나 대답을 잘했던 똘똘한 아이를 손가락으로 가리켰다. 남자아이의 얼굴은 여기저기 멍이 들긴 했으나 다른 아이들보다 유독 멀쩡한 편이었다.

"너는 남아. 그나마 네놈이 쓸 만하구나."

남자아이가 반색했다.

"감사합니다! 열심히 하겠습니다."

"너는 특별히 암굴 삼 개월이다."

남자아이가 당황했다.

"네?"

어째서 대답을 그리 잘했는데 남들보다 더 심한 벌을 받아야 하는지 이해하지 못했다.

하지만 아이의 의문을 당청이 한마디로 잘라 버렸다.

"지켜보겠다. 기대가 커."

남자아이는 피 섞인 침을 꿀꺽 삼켰다. 기대하겠다는데 거부할 수도 없었다. 아이는 절망에 빠진 표정으로 무사들의 호위를 받으며 암굴로 끌려갔다.

"후우."

당청이 긴 한숨을 내뱉자 그제야 뒤쪽 그림자에 앉아 지켜보던 당귀옥이 물었다.

"이제야 분이 풀리십니까?"

"내가 분 풀자고 하는 일인 줄 알아? 거사를 일 년 앞두고 놈들이 너무 한심해서 정신 무장 좀 시켜 주려 한 것이지."

"아직도 그 아이가 갖고 싶으십니까?"

놀랍게도 당청은 그 질문에 대답하지 못했다. 가지고는 싶지만 다룰 수가 없고, 힘으로 다루자 하니 더 튀어 버려서 당청조차 어쩔 수가 없는 것이다.

당귀옥이 말했다.

"아직 백 일이 남았습니다. 기다려 보시지요."

당청이 고개를 끄덕였다.

"그러지."

그러곤 침소로 돌아가려다가 당청이 문득 걸음을 멈췄다.

"아참, 망료 놈 그놈에게 전갈을 보내야겠어."

서 있던 서생 한 명이 달려와 곧바로 쓸 준비를 했다.

"만약에 약속을 이행하지 못하면 그냥 거기서 뒈져 버리는 게 좋을 거라고. 이 사달을 내 놓고도 아무 성과 없이 돌아오면 정말로 인세의 지옥이 무엇인지 체험시켜 주겠다고 해."

당청이 이를 갈며 말을 씹듯이 내뱉었다.

"내가 직접."

　　　　*　　　　*　　　　*

　백리중은 굉장히 오랜 시간을 방 안에서 홀로 보냈다.

　일전에 해월진인에게 소금에 절인 단령경의 팔을 받은 후부터였다.

　방 밖에 한 걸음도 나가지 않았다.

　완전한 칩거.

　백리중을 만날 수 있는 사람은 오로지 심학뿐이었다. 모든 일 처리는 심학을 통해 이루어졌다.

　심학이 문을 열고 백리중의 방으로 들어섰다.

　문을 두드리거나 헛기침을 하거나 시비를 통해 알릴 필요는 전혀 없었다.

　그러지 않아도 백리중은 이미 한참도 전부터 심학이 오는 걸 알고 있었을 테니까.

　지금의 백리중은 어느 때보다도 예민했다. 극도로 신경을 곤두세우고 있어서 문밖에서 숨만 쉬고 있어도 그 소리를 생생히 들을 수 있을 정도였다.

　심학은 조심스럽게 발뒤꿈치를 들고 방 가운데로 걸어갔다.

　백리중은 창문을 등지고 정좌한 채 눈을 감고 있었다.

　방 안은 엉망이었다. 사방에 집기들이 조각나서 흩어져 있었고, 벽이며 천장은 마귀가 손톱으로 긁은 것처럼 온통 찢긴 흔적들이 가득했다.

그러나 백리중이 술을 마시거나 자학하며 행패를 부린 것은 아니었다. 끼니를 거의 거르긴 했으나 폐인이 된 것도 아니었다. 칩거한 이후 한 번도 정좌를 푼 적이 없이 그 자세로 이제껏 앉아 있을 뿐인 것이다.

심학은 깨지거나 갈라진 바닥을 밟지 않도록 조심히 걸어가 방 한가운데에서 기다렸다.

백리중은 한 달 전보다도 많이 야위었다. 뺨은 홀쭉하고 수염은 덥수룩했다. 오랜 시간 굶으며 단식 수행을 하는 사람의 모습과 비슷했다.

차 한 잔 마실 시간이 지나자 백리중이 눈을 떴다.

순간, 안광이 미칠 듯이 뿜어져 방 안 전체를 잠식했다.

안광은 금세 사라졌지만 심학은 쉽사리 놀란 가슴을 진정시키지 못했다. 침이 바싹바싹 말라서 입술을 혀로 핥아도 여전히 뻑뻑했다.

눈빛이 워낙 날카로워서 앞에 있는 것만으로도 위축되었다.

"망료가 왔군."

아무도 백리중에게 알려 준 바가 없는데도 백리중은 이미 알고 있었다.

"그렇습니다. 각주님을 만나 뵙겠다고 떼를 쓰며 기다리고 있습니다."

"만나 보게. 아마 구미가 동할 만한 미끼를 물고 왔을 것이야. 자네가 알아서 처리하도록."

"어휴, 제가 어찌…… 다시 와서 보고를 드리고 결재를 받아 가겠습니다."

"안 돼."

백리중의 눈빛이 서늘해졌다.

"아직 검인(劍刃)이 가라앉지 않았어. 불편한 얘기를 들으면 내가 스스로 자제하지 못할 게야."

심학이 비굴하게 웃었다.

"구미가 동하는 얘기라면 그래도 듣기 불편한 정도는 아니지 않을까요?"

백리중은 여느 때와 달리 웃지도 않고 대답도 하지 않았다. 잔뜩 날이 서 있다는 것을 대놓고 드러냈다.

"그럼…… 얼마나 기다려야 할까요? 제가 혼자서 각주님의 일을 처리해 왔더니 심장이 떨려서……."

"조만간."

명쾌한 대답은 아니다. 하지만 어차피 백리중이 시키는 걸 거부할 길은 없다. 심학은 허리를 숙이고 백리중의 명을 받들었다.

　　　　＊　　　　＊　　　　＊

　망료가 심학을 앞에 두고 말했다.

　"조만간, 사파 애들 몇이 청성산을 찾아갈 것이오."

　심학이 뚱한 표정으로 망료의 말을 듣고 있었다.

　"그래서 그게 뭐 어쩌겠다는 거요? 거기 산동요화가 숨어 있다든가 하니까 당연히 구하러 가는 거 아뇨."

　"그렇지. 사파 애들도 의리가 있으니까."

　"아아, 불필요한 얘기는 듣고 싶지 않으니까, 결론만 얘기하시오, 결론만. 내 지난번 망 고문한테 아주 정나미가 떨어져서, 앞에서 얘기하는 것만도 아주 고역이외다."

　"껄껄껄, 그럼 중요한 비밀을 하나 알려 드리리다."

　"그게 뭐냐니까? 얼른 말하시라고."

　"사파의 연락망을 이용해서 산동 사파를 청성파로 불러들인 게 바로 나요."

　"아, 거 누가 부르건 그게 무슨 상……."

　대충 흘려듣던 심학의 눈이 커졌다.

　"뭐, 뭐요?"

　심학이 어이가 없어 물었다.

　"그게 뭔 의미가 있소? 그들을 부추겨서 청성파를 치게?"

"에이, 그깟 찌꺼기들로 어떻게 청성파를 쳐. 그냥 앞에서 시위나 하겠지."

심학이 다시 물었다.

"그깟 찌꺼기들이라면 청성파가 싹 치워 버리면 되는 거 아뇨?"

"평소라면야 그럴 수도 있지. 하지만 청성파도 지금은 요화를 보호하고 있는 입장이잖소이까. 살수를 쓰기 어렵지. 반대로 사파 놈들은 요화를 구하겠다 목숨 걸고 덤빌 테고."

"난 잘 모르겠는데……. 그래서 우리에게 무슨 이득이 있다는 거요?"

"자의든 타의든 결국 청성파가 취할 수 있는 방법은 한 가지뿐이외다. 산동요화를 내어 주는 것. 혹은 요화가 제 발로 걸어 나갈 수도 있고."

"그냥 내주든 산동요화가 나가든 하면 되는 거 아뇨."

"근데 그게 안 돼. 못 나가."

망료가 낄낄대고 웃었다.

"당가의 지독한 독을 치료해야 하거든. 보름은 움직일 수가 없어. 사파 애들은 내놓으라 하고, 청성파는 내어 줄 수가 없고. 사면초가가 되오이다."

"그러니까 그게 무슨 의미가 있느냐는 거요."

"당장은 의미가 없지. 하지만 의미는 우리가 만들어 내면 되니까. 청성파가 산동요화와 결탁했다든가, 청성파가 사파의 시위에 굴복했다…… 라든가?"

"에이, 그래 봤자 그걸 누가 믿소. 또 믿으면 뭐가 달라지나?"

"청성파의 위신이 추락하지."

"어휴, 고작 그걸 하자고 이 골치 아픈 일을 벌였단 말요?"

"붓 몇 번 놀려서 한 일이라 힘들 것도 없었소이다."

"가끔 보면 망 고문도 참 사람이 실속이 없어. 아니, 그런 쓸데없는 일을 왜 해?"

심학은 안 그래도 망료와 있기 싫어 죽을 지경이었다. 또 뭔가 잘못해서 백리중에게 혼이 날까 속으로는 안절부절못하고 있었다. 그런데 겨우 이런 말도 안 되는 얘기나 듣고 있어야 하는가?

망료가 웃으며 말했다.

"그러다 뜸이 잘 들면 청성파를 잡아먹어야지."

"그래. 그러니까 청성파를 잡아먹는다고 그렇게 진작 결론을 얘기했어야……."

심학은 자기가 뭔가 잘못 들은 줄 알았다. 고개를 갸웃거리며 자기가 제대로 들은 건지, 다른 의미가 있는지 생각하다가 한참 만에야 비명을 질렀다.

"뭐, 뭐라고!"

심학은 놀라서 눈을 휘둥그렇게 떴다.

망료가 손가락을 까딱거려 심학이 가까이 오게 했다. 그러더니 심학의 귀에 대고 작은 소리로 말했다.

"청성파는 무림총연맹의 입장에서도 눈엣가시잖소? 무림총연맹에 가입하지도 않고 사파와 내통하였으니 잡아먹을 명분으로는 충분하외다."

"처, 처, 청성파를……."

심학은 손을 떨었다. 강호의 십대 문파 중 하나인 청성파를 치자는 어마어마한 얘기를 감당할 수가 없었다.

"사파 놈들과 산동요화를 한꺼번에 잡고 청성파까지 일망타진할 기회올시다. 어찌 이런 기회를 놓칠 수 있겠소?"

심학은 떨리는 손으로 차를 벌컥벌컥 마시곤 말했다.

"하, 하지만 무림총연맹이 군사를 일으키면 사, 사천 삼강의 다른 둘이 가만히 있겠소?"

"뭐, 아미파는 이미 신니와 얘기가 끝났고, 당가는 오해를 풀기 위해서라도 적극적으로 나설 것이오."

"그, 그건 또 뭐요? 오해?"

"그런 일이 있소이다. 독룡을 사위로 맞으려 하였지."

심학의 입이 벌어졌다.

"독룡이 사위라니! 당가는 독룡이 우리 각주님의 대제자와 원수지간이라는 걸 알면서 사파인을 데릴사위로 들이겠다는 거요?"

"아아, 너무 흥분하지 마시오. 그러니까 오해를 풀기 위해서 더 전면에 나설 거라고 하지 않았소. 독룡이 본래 사파인이었던 것도 아니고……. 당가로서는 과거 약문과의 원한을 청산하고 앞으로 나아갈 수 있는 큰 결단을 내렸던 것이외다."

심학은 관을 벗고 머리를 마구 긁었다.

"단 부인이야 그렇다 치더라도 청성파는……."

너무 놀라서 말실수까지 한 걸 알아채지 못한 심학이었다. 그가 말한 단 부인은 여의선랑, 산동요화 단령경을 말하는 것이리라.

"이거 참."

심학은 땀을 닦으며 다시 관을 썼다.

그러곤 고개를 설레설레 저었다.

"아무리 본 맹에 가입되어 있지 않은 문파라도…… 청성파 같은 거대 문파를 치려면 맹주님의 허락이 있어야 하오. 우리 각주님이나 내가 하라고 그냥 되는 게 아니오."

"허락을 받으면 되지. 내 그렇잖아도 그 일 때문에 한번 상의를 하러 온 것이오. 무림맹주께서 직접 나를 보고자 하셨다고 해서."

"근데 사실 최근에 우리 각주님과 맹주님의 사이가 꽤 껄끄럽게 돼서⋯⋯."

"저런, 안되었구먼. 우리 심 군사가 중간에서 고생이 많았겠소."

"고생을 좀 하긴 했지."

망료가 심학의 옆으로 가서 앉으며 어깨에 팔을 둘렀다.

"왜, 왜 이러시오?"

"심 군사. 생각해 보니 오랜만에 만났는데 내가 너무 일 얘기만 한 것 같구려. 잠시 쉴 겸 우리 경치 좋은 곳에 가서 귀여운 아이들의 춤과 노래를 들으며 술이라도 한잔합시다."

"귀여운⋯⋯ 아이들?"

잠시 눈이 돌아갔던 심학이 정색을 했다.

"어허! 이 사람 또 나를 무슨 함정에 빠뜨리려고! 나는 지금 각주님의 대리란 말이오, 대리!"

"함정이라니. 섭섭하게. 지금부터 우리가 아주 중요한 얘기를 나눠야 하니까, 가급적 조용한 곳에 가서 하자 이거지."

심학이 침을 꼴깍 삼켰다.

"하지만 본인은 각주님의 대리로 공무를 보고 있는지라, 자리를 비우면⋯⋯."

"어차피 일과 시간도 다 끝났는데 나머진 내일로 미루시오. 그렇게 급한 일이면 지들이 어제 왔었겠지."

"아, 그런가? 하긴 일과가 끝나면 날 찾지 않기도 하고……."

"거 각주님 밑에서 매일 업무에 치여 고생만 하는 거 또 내가 잘 알잖소? 이런 날에나 한잔하며 위로를 받아야지, 언제 받겠소?"

망료의 은근한 말에 심학이 반쯤 넘어갔다. 망료가 씩 웃었다.

"내 최고로 귀여운 아이들을 서너 명 붙여 드리겠소이다. 요즘 새외에서 애들 몇을 불러왔는데, 외모가 그리 독특하고 말투가 재미난다 하더구려. 또 이것들이 애교가 어찌나 뛰어난지 옆에 붙여 두면 술이 절로 넘어간다 하더이다."

"허허, 이것 참."

"밑에 애들 입단속만 잘해 두면 큰 걱정은 없을 것이오. 각주님도 오늘 같은 날은 하루 봐주실 것이오."

그러고 보니 백리중은 재보고를 받지 않겠다고 심학에게 알아서 처리하라고 하지 않았는가.

명분이 있으니 혼나더라도 그리 크게 혼날 것 같지는 않다.

심학이 망료의 손을 은근히 잡았다.

"고문은 참 미워하기 어려운 사람이오. 허허허."

          *   *   *

진자강은 노숙을 위해 적당한 장소를 물색했다.

당하란은 은신할 수 있는 동굴이나 정찰할 수 있는 구릉으로 올라가야 한다고 생각했다. 당장에 해를 끼치진 않더라도 추적자나 감시자가 따라붙을 게 분명하다.

그러나 진자강은 오늘도 아무렇지 않게 산 중턱의 큰 나무 아래를 제안했다.

심지어 모닥불까지 피웠다.

며칠을 참았지만 더 이상 참을 수 없었던 당하란이 물었다.

"당신이 배짱이 두둑한 건 알지만…… 이건 좀 너무 티나는 것 아냐? 아예 대놓고 우리 여기 있다고 알려 주는 거잖아. 덕분에 우리 경로가 다 노출되고."

"맞습니다."

"맞다고?"

"세 가지 의미가 있습니다. 섣불리 다가오지 못하게 만들기 위해서, 안심시키기 위해서. 그리고 마지막으로 결정적일 때 속이기 위해서."

당하란은 진자강의 말을 이해하기 위해 잠시 생각해야 했다.

"물론 불이 환하니까 가까이는 오지 못하겠지."

"함정이라고 생각할 겁니다."

"그냥 모닥불을 피운 정도로?"

"며칠간 모닥불을 피웠잖습니까. 아침에 불을 끌 때 간단히 청철혈선사의 독을 살포해 놨었습니다."

"도대체 언제?"

당하란은 전혀 눈치채지 못했었다. 무공만으로 보면 진자강보다 훨씬 고수인데도.

"반성해야겠다. 내가 너무 방만했네."

"괜찮습니다."

"어쨌든 우리가 떠난 후 모닥불을 확인하다가 하독한 걸 알았을 테니……."

"이젠 불을 피워 놓은 때에 섣불리 다가오지 못할 겁니다."

"아아."

정말로 허를 찌르는 방법이었다. 통상적으로 늘 당연하다고 생각하는 것을 정반대로 하여 빈틈을 파고들었다.

그리고 그것은 이제껏 진자강이 살아온 삶을 그대로 반영하는 모습이기도 했다.

당하란은 진자강에게 감탄했다.

진자강에게 비하면 자신은 정말 애송이었다. 하수 중의 하수였다.

당하란은 자신의 한계를 깨닫고 씁쓸하면서도 한편으로는 기분이 좋기도 했다.

애초에 자신의 부족함을 알고 있었기에 부족함을 채워 줄 수 있는 사람을 원했다.

진자강이 바로 그런 사람이었다.

"그런데 모닥불을 피우면 너무 멀리서도 보일 텐데, 그건 괜찮을까?"

"모닥불이 보인다는 건 우리가 있다는 거니까 안심하게 되겠죠."

"결정적일 때 속인다는 건 뭐야?"

"정말로 달아나고 싶을 때. 불을 켜 놓고 달아날 생각입니다. 방심하고 있을 때."

매일 밤 불을 피우면 감시자는 불빛만 보고 진자강과 당하란이 그곳에 있다 마음을 놓게 될 것이었다. 굳이 위험하게 가까이 가지 않아도 되고 하니 평소보다 멀찍이 떨어져서 감시할 가능성도 컸다.

그러면 그만큼 진자강과 당하란에게는 여유가 생기는 것이었다.

"하지만 어차피 청성산으로 가는 걸 알고 있을 테니까, 감시자도 그리 조급해하지는 않을 겁니다. 제가 원한 건 조금 더 거리를 벌려서 내 행동에 간섭받지 않으려는 것뿐입니다."

당하란이 약간 어색한 표정으로 말했다.

"그러려면 지금보다 훨씬 더 거리를 벌려 둬야…… 할 거 같은데……."

진자강이 무슨 의미인가 싶어 되물었다.

"네?"

"내 생각에는……."

당하란이 진자강의 얼굴에 자신의 얼굴을 가까이 가져다 대고 진지하게 말했다.

"지금이 바로 그 결정적일 때야."

"지금이요?"

"응."

당하란이 고개를 끄덕였다.

진자강은 당하란을 가만히 보다가 고개를 끄덕였다.

"알겠습니다."

모닥불이 꺼지지 않도록 장작을 충분히 넣어 놓고, 사람이 있는 것처럼 나뭇가지와 흙을 모아 두툼하게 모양을 만들었다.

"가자."

당하란이 유난히 평소보다 눈을 반짝거리고 빛내며 개구쟁이 같은 미소를 지었다.

　　　　*　　　　*　　　　*

　제갈가와 당가의 감시자들은 서로 다른 곳에서 모닥불을
지켜보고 있었다.

　처음엔 얼마나 멍청하기에 자신들의 자취를 다 드러내
놓고 다니나 생각했는데, 그 모닥불 근처에서 독을 발견한
후로는 가까이 가지 못하고 있었다.

　자신감인가, 함정인가.

　어쨌든 당분간은 어디에 있는지 위치만 감시하면 그것으
로 족한 것.

　감시자들은 멀리서 모닥불의 불빛을 바라보며 숨죽여 밤
을 새웠다.

　그러나 그때에 이미 진자강과 당하란은 그곳에 있지 않
았다.

　　　　*　　　　*　　　　*

　"하하하! 아하하하!"

　당하란은 미친 듯이 웃으며 뛰었다.

　힘껏 숨을 들이쉬기도 했다.

　"하아아, 진짜 기분 좋다."

개운한 표정이었다. 당가의 품에서 벗어나 처음으로 완전한 자유를 맞았다는 걸 이제야 자각한 당하란이다.

진자강은 당하란의 마음을 다 이해할 순 없었지만, 공감할 수는 있었다. 만약 진자강도 복수의 굴레에서 완전히 벗어나는 날이 온다면 당하란과 같은 마음이 될 터였다.

당하란은 자신의 옷을 내려다보더니 어깨를 으쓱해 보였다.

"우리 아직 나올 때 그대로네."

당하란은 다 찢어진 혼례복.

진자강은 여전히 핏물에 젖은 옷.

당하란이 씩 웃었다.

"우리 옷 서리하자."

당하란은 민가까지 내려가서 옷 두 벌을 훔쳐 왔다.

청성으로 가는 방향과 전혀 다른 방향으로 돌아가는 길이었다. 오히려 다소 당가로 되돌아가는 쪽이기도 했다. 하지만 진자강은 아무 말도 하지 않았다.

"당신은 이런 게 참 좋아."

당하란은 산을 오르면서 흥겨운 투로 말했다.

"이리저리 캐묻지 않고 조용히 따라 주는 거."

진자강이 미소 지었다.

"사람에 따라 다릅니다."

당하란은 괜히 샐쭉한 표정을 짓더니 '흥흥' 하고 즐거운 코웃음을 쳤다.

*　　*　　*

쏴아아아…….

멀리 폭포가 쏟아지는 소리가 계곡의 골을 타고 들려왔다.

당하란은 지리에 익숙한지 밤인데도 힘들지 않게 산길을 찾아 올랐다.

한참 만에 도착한 곳은 희한한 용천 지대였다. 지하수가 곳곳에서 퐁퐁 솟아오르고 있었다.

여기저기 둥그런 샘이 만들어져 있어서 각각의 샘 표면에 전부 달이 비쳤다.

"예전에도 임무가 끝나고 귀가하던 중에 종종 여기에 들르곤 했었어."

당하란이 '휴' 하고 긴 숨을 내쉬었다.

"내가 먼저 씻을게. 망봐 줘."

"네?"

진자강이 되물었다. 못 들어서가 아니라 당황스러워서였다. 당하란도 당황했다.

"네, 라니? 그럼 내가 여기까지 왜 오자고 한 줄 안 거야?"

"⋯⋯."

진자강은 갑자기 꿀 먹은 벙어리가 되었다.

망을 보려면 당하란이 목욕하고 있는 걸 지켜보고 있어야 한다는 뜻인데, 얼마나 멀리 떨어져 있어야 민망하지 않을까 좀처럼 가늠이 되지 않았다.

진자강이 난감해하는 걸 보더니 당하란은 조금 어이가 없어 했다.

"쑥맥."

"네?"

다행인지 불행인지, 난감한 상황에서 인기척이 느껴졌다.

진자강과 당하란은 바위 뒤로 몸을 숨겼다.

곧 주변을 두리번거리면서 세 명의 젊은 처자들이 올라왔다. 처자들이 까르륵거리면서 샘 앞에서 옷을 벗고 몸을 씻기 시작했다.

진자강과 당하란이 숨어 있는 바위에서 그리 멀지 않은 곳이었다.

진자강은 혹시나 저들이 뒤쫓아온 추격자거나 살수가 아닐까 해서 눈을 크게 뜨고 있었는데, 당하란이 돌연 진자강을 째려보았다.

"날 봐."

진자강은 시키는 대로 당하란을 쳐다보았다.

"……."

"저쪽 여자들 다 갈 때까지 그렇게 나만 보고 있어."

진자강은 당하란이 시키는 대로 당하란을 쳐다보았다.

싸울 때 상대의 눈을 쳐다보며 기세 싸움을 하는 데에는
익숙했지만 그냥 눈을 마주치고 있으려니 어색하기만 했
다.

"괜찮아."

당하란이 말해 주었다.

"괜찮다고."

진자강은 당하란이 왜 자꾸 괜찮다는 말을 하는지 이해
할 수 없었다. 그러나 괜찮다는 말을 들으니 조금씩 마음이
편해졌다.

그제야 긴장해서 자신의 표정이 굳어 있었다는 걸 깨달
은 진자강이었다.

첨벙첨벙.

바위 뒤에서 처자들이 헤엄을 치며 물장난을 하는 소리
가 들려왔다.

"그래서 말이야. 내가……."

"어쩜, 정말이야?"

자신들이 관심 있는 동네 총각들의 얘기를 하며 까르륵

거리는 소리가 계속해서 들려왔다.

그러나 진자강은 미동도 않고 당하란만 주시했다. 당하란도 진자강을 계속 바라보았다.

진자강은 이제야 당하란의 얼굴을 천천히 뜯어볼 수 있게 됐다.

약간 눈매가 사나운 듯한 인상이었지만 큰 눈과 오똑한 코가 올망졸망하니 귀엽게 느껴졌다. 자신과는 완전히 다른 외모. 다른 느낌.

아직도 처자들은 돌아가지 않고 있었다.

진자강과 당하란은 아직도 마주 보고 있었다. 처음엔 어색했던 진자강도 이제는 어색함이 한층 가셨다.

진자강은 자기도 모르게 작은 소리로 말했다.

"누군가와 이렇게 눈을 오래 마주 보고 싸우지 않기는 처음입니다."

당하란이 갑자기 "픕" 하고 웃음을 터뜨렸다. 입을 손으로 막았지만 너무 늦었다.

"무슨 소리지?"

"누가 있나 봐?"

"꺄악!"

당하란의 웃음소리에 처자들이 놀라서 주섬주섬 옷을 챙겨 입고 달아났다.

처자들이 달아나자 당하란은 더 소리 높여 웃었다. 눈물까지 글썽이면서 배를 잡고 웃었다.

"아하하하! 아하하! 어떡해. 이 사람 정말 사람 죽이는 것밖에 모르는 바보였어."

사람 죽이는 것밖에 모른다는 말이 기분이 좋은 건지 나쁜 건지, 진자강은 묘한 생각이 들었다.

당하란은 훌쩍 뛰어서 바위 위로 올라갔다.

"어쨌든, 다 가 버렸으니 우리 차례네. 당신은 그냥 거기 바위 뒤에서 망봐. 나 훔쳐보면 혼내 줄 거야. 날 웃긴 벌이야."

"그게 왜 벌이라는 겁니까?"

"당신이 그게 벌이라고 생각하지 않으면 내가 화를 낼 테니까."

당하란은 혼례복을 손으로 잡더니 힘껏 벗어 던졌다.

진자강의 머리 위로 찢어진 빨간 혼례복이 흩날렸다.

*　　　*　　　*

진자강과 당하란은 서로 몸을 씻고 서리해 온 옷으로 갈아입었다. 남자 옷뿐이어서 당하란에게는 헐렁했다. 당하란은 솜씨 좋게도 옷을 혼례복을 찢어 만든 천으로 동여매 헐겁지 않게 했다.

그러곤 작은 동굴을 찾아 입구에 함께 앉았다.

아직 밤이 깊었다.

당하란은 살짝 진자강의 어깨에 머리를 기댔다.

한참을 그러고 있다가 당하란은 당귀옥이 준 가락지를
들어서 매만졌다.

"이게 뭔지 알아?"

"대고모님께서 주신 가락지로 기억하고 있습니다. 팔아
서 여비로 쓰라고 했죠."

당하란이 피식 웃었다.

"물론 그래도 되지. 하지만 이 가락지를 본 가의 여식에
게 줄 때는 여러 가지 이유가 있어."

당하란이 가락지를 이리저리 손에서 굴렸다.

"당신도 알겠지만, 본 가의 여자와 결혼을 하면 데릴사
위가 될 수밖에 없어. 남자도 평생을 당씨로 살아야 하거
든."

"그 얘기는 알고 있습니다."

"하지만 본래부터 본 가의 핏줄이 아닌 남자가 언제 다
른 여자에 빠져 배신하게 될지 몰라. 미색에 홀려서 본 가
의 비밀을 팔아먹을 수도 있지."

"이미 혼인을 한 관계에서도 그런 일이 벌어진단 말입니
까?"

"응. 실제로 몇 번이나 그런 일이 있기도 했어. 당가의 여식들은 성격이 고분고분하지 않기도 하니까 더 그랬었겠지."

당하란이 가락지를 굴리며 말했다.

"여자로 태어난 우리는 가문에서 귀에 못이 박히도록 그런 말을 듣고 자라. 그리고 남자가 배신하지 않도록 휘어잡는 법을 교육받지. 가장 심혈을 기울이는 건 방중술이야."

당하란은 가락지를 비틀었다.

똑, 소리가 나며 가락지에서 깨알처럼 작은 환약들이 굴러 나왔다.

"그때에 이 미약(媚藥)을 써. 본 가에서는 이 미약을 탈심환(奪心丸)이라고 불러."

진자강은 당하란의 손에 쏟아진 알갱이들을 보았다.

"제아무리 목석 같은 남자라도 이 미약을 먹으면 음심이 동해 참을 수 없게 돼. 다른 여자에 한눈을 팔 여지를 주지 않는 거야. 더불어 자손이 귀한 본 가에 손을 빨리 잇게 만드는 역할도 있고."

"그렇군요."

진자강이 잠시 생각하다가 자신의 어깨에 고개를 기대고 있는 당하란에게 말했다.

"대고모님은 당연히 알면서 준 것이겠죠."

"맞아. 그러니까 이 가락지를 내게 주었다는 건, 아직 본 가에서 나를 포기하지 않았다는 뜻이기도 해."

그래서 당귀옥이 '백 일'이라는 말을 꺼냈을 때 당하란 이 그리도 단호하게 거부했던 모양이었다.

백 일 안에 진자강을 당가의 사람으로 만들거나, 아니면 진자강을 죽이거나.

그러면 당하란이 당가로 돌아갈 수 있는 기회가 열리는 것이다.

"하지만 난 다신 돌아가지 않을 거야. 설사 당신에게 버 림받게 된다 해도."

애써 웃는 당하란의 표정에 묘한 우울함이 느껴졌다.

"그렇게 된 대도 이해할게. 나는 당신 가족과 문파의 원 수 가문에서 태어난 사람이니까."

당하란의 눈에 조금씩 눈물이 고이더니, 당하란은 얼마 지나지 않아 슬피 울었다.

진자강은 당하란을 달래지도 못하고 멍하니 지켜만 보았 다.

씨줄과 날줄을 복잡하게 엮어 놓은 것처럼 풀기 어려워 진 인연의 경위.

울던 당하란이 입술을 깨물더니 손안의 탈심환을 꽉 쥐 고 던져 버리려 했다.

그때 진자강이 당하란의 손목을 잡았다.

당하란이 놀라서 진자강을 쳐다보았다. 진자강은 당하란의 손을 펴서 탈심환의 알갱이들을 집어 스스로 입에 넣었다.

그러곤 가만히 당하란의 눈을 응시하며 말했다.

"그런 일은 없을 겁니다. 절대로."

〈다음 권에 계속〉